KB173436

그러나 나는 내가 꽤 마음에 듭니다

그러나 나는 내가 꽤 마음에 듭니다

하루는 망했어도
　여전히 멋진 당신에게

이지은 지음

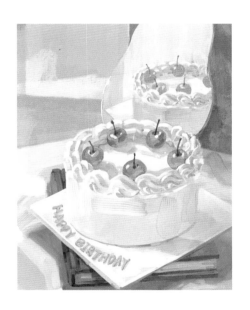

STUDIO : ODR

세상은 모질고
사람들은 저마다의 잣대로
당신을 평가하고 저울질해요.

그러나 당신은
쉬이 지지 않아요.

부서진 마음의 조각을 이어 붙이고
주저앉았더라도 이내 힘주어 일어서죠.

내가 다 자랑스러운 당신 스스로에게
오늘은 꼭 한 번 발음해 들려주기를.

종종 실망스럽고,
반짝이지 못한대도
외롭고, 허전하고,
사랑에는 자주 지며
버티듯 살아도

"그러나 나는
내가
꽤 마음에 듭니다."

잘 부탁합니다, 당신을

거센 비가 빗금 쳐 쏟아지는 오후. 우산을 펼쳐 든 당신은 횡단보도 앞에 섰습니다. 찰박찰박. 가까워져 오는 뜀박질 소리에 뒤를 돌아보니, 어린아이입니다. 당신도 잘 알고 있는 아이. 아니, 당신에게 아주아주 소중한 아이. 아이가 든 작은 우산으로는 다 막을 수 없는 비에, 머리칼부터 신발까지, 온몸이 잔뜩 젖은 듯해요. 무언가에게 쫓기기라도 하는 것인지, 아이는 힘겨운 표정으로 숨을 헐떡이며 달려옵니다. 이런, 보행자 신호등은 여전히 빨간불인데, 아이는, 멈출 생각이 없어 보입니다.

당신은 어떻게 하겠습니까?

당신은 아이를 껴안듯 멈춰 세우고 당신의 우산을 기울여 줄 거예요. 물방울이 뚝뚝 떨어지는 머리칼을 이마 위로 넘기며 눈을 맞추고 물어보겠죠, 무슨 일이냐고. 당신에게 쿵쿵 빠르게 뛰는 아이의 심장 소리가 들립니다. 당신은 아이를 당겨 안고 등을 쓸어줄 거예요. 괜찮지 않은 상황이란 것을 직감했음에도 괜찮다고 몇 번이고 말해주면서. 이내 아이의 가쁜 숨이 진정되거든, 당신은 그 작은 손을 꼭 잡고 길을 건너갈 거예요. 아이의 좁은 보폭에 느릿하게 걸음을 맞추며, 급한 일도 잊고. 그것이 당연한 듯 말이에요.

당신이 바로 '그 아이'입니다,
당신에게 아주 소중한.

온갖 시험, 취업과 생계, 꿈, 주어진 역할.
스스로의 삶을 책임지기 위해 숨차도록 달리고 있는 당신.

짓궂은, 때로는 무섭도록 엄격한 세상,
그 안의 시련에 무겁게 젖어 들고 있는 당신.
당신의 메마른 가슴속,
불처럼 번져가는 우울을 인지하지 못하는,
혹은 알면서도 애써 외면하고 있는 당신.

당신은 아이에게 무엇을 어떻게 해줘야 하는지 알고 있습니다. 스스로에게 무엇을 어떻게 해줘야 하는지도 이미 알고 있다는 거예요. 당신을 온전히 사랑하지 않아도 좋습니다.

그러지 못해도 괜찮아요. 다만 하루만 더 다정하기를.
그것이면 이 책을 써 내려간 나의 밤낮은 충분히 보상받겠
습니다.

잘 부탁합니다, 당신을.

차례

작가의 편지 5
프롤로그 잘 부탁합니다, 당신을 6

1장

나는
꽤
괜찮은
사람

Happy birthday to me 17
좌절을 딛고 자라는 것들 21
편애해줘 24
'나' 다루는 법 25
내가 나의 쉴 곳이 되길 29
유쾌한 포기 32
삶은 아직, 진행 중 33
틀린 길은 없다 36
우울도 정리가 필요합니다 38
불안에 불안해하지 않는 연습 41
더없이 솔직해질 용기 44
내가 마음에 들지 않는 날에는 49
절망이기도, 희망이기도 한 53
매일 조금씩, 나를 알아간다는 것 55
내 친구 김다나의 취향 57
나를 소개합니다 61
나는 나의 든든한 백 63
싫어도 싫어할 수 없는 65
사랑스러운 성공 68

2장

마음을 주고받는 일

그냥, 그러려니 73
나를 미워하는 이에게 74
지금 내 마음의 계절은 어디쯤일까? 77
누군가의 행복을 바란다는 것은 80
마음 소모 방지법 82
누군가에게 상처를 주었다면 83
미워하는 것보다 중요한 일 87
우리가 함께 건너온 시절 92
안도의 감탄사 95
꼭 다시 만나자 96
당연한 안부란 없다 97
우리는 이렇게 어른이 되었지 100
네가 나를 잃는 일은 없을 거야 103
이별이 너무 많다 106
해 질 녘 포장마차에서 109
'당연'이 '당연'으로 남는 곳 114
서로의 삶에 증인이 되어준다는 것 116
쉽게 잊히지 않도록 122
함께 살아가고 싶어서 124

3장

그래도 썩 괜찮은 하루

다정의 발견 129
호그와트행 급행 택시 131
살아 있길 잘했다 135
오늘의 운세 140
일상을 여행으로 만드는 방법 142
숨은 낭만 찾기 145

낯선 시선으로 바라보기 150

일만큼 중요한 일 154

요즘 설레는 게 없다고? 155

어차피 행복할 수 있다면 159

단무지 vs 군만두 161

누가 더 멋있어? 163

봄에게 165

아침 문자 미션 170

4장

그럼에도
불구하고,
사랑

사랑받는 방법 175

경이로운 마음 177

서로가 서로의 걱정인 179

편의 정석 181

만약 내가 먼저 죽는다면 183

완벽하진 않아도 온전한, 우리 185

겨울에는 사랑이 는다 187

이렇게 쉬운 행복이라니 189

어른의 연애 194

우리가 함께라면 195

아낌없이 사랑을 주기만 할 때 197

이별로부터 되돌아오는 길 201

어떤 사람을 사랑해야 하느냐고 묻는다면 205

일부러 속아주지 마세요 206

손을 잡고 싶어지거든 207

나도 내 마음을 모르겠어 208

살아가고 싶은 그리움 211

지금은 아프기로 해요 213

사랑 구별법 215
비가 오는 날에는 216
내가 기다리는 것은 당신이 아니라 그 계절 217
우리는 왜 219
그녀의 초록 221

5장

때론
아이처럼,

때론
어른처럼

나에게 227
어디에 닿든 어디에도 닿지 못하든 229
회사 생활 231
시간을 낭비해보기를 233
정답에 가장 가까운 오답 235
늦어버린 봄, 늦었지만 봄 239
'영원히 오래오래'를 믿었던 241
대견해 244
최고의 선택 248
잊고 싶지 않은 꿈 251
함부로 불행해지지 않기 253
낮 12시의 하늘 아래 254
모두의 것 말고 당신의 것 260
무사無事 261
레몬차 262
Sunny 263

에필로그 당신, 사랑받으라 266

1장

나는
꽤 _____

괜찮은
사람

Happy birthday
to me

너는 네가 참 안됐대.

세상의 여분이라서.

무언가 네 몫이다가도

곧잘 잃어버려서.

유일하나 반짝이지 못해서.

운이라고는 신호등 타이밍뿐이어서.

때로는 변명할 기회 없는 미움을 받고

흔한 사랑은 오아시스처럼 멀어서.

나는 알아.

누가 알아주지 않아도
조용히 바쁘던 너의 날들을.
네가 욕심이라 이름 붙인
크고 작은, 사실은, 꿈들을.
잊은 척 절대 잊지 않은 것들을.
예컨대 사랑 같은.

네가 알기를 바라.
모든 반짝임은 가뭇없이 사라져가며
네 유일함은 그 공백 속에서도 영원하다는 것.
네 바람은 욕심이 아니라
타협하지 않아도 좋을 마땅함이라는 것.
네가 얻고자 하는 많은 것 중
가장 값진 것들은
이미 네 안에 다 있다는 것까지도.

생일 축하해.

돈과 지위, 달콤한 인정, 젊은 날의 아름다움과 같은,
네가 껴안기 위해 애쓴 세상의 모든 것들이

먼 훗날 눈처럼 녹아
언제 희었냐는 듯 질퍽이거든
지친 너를 내가 업고 걸을게.

네가 견뎌낸 시간과 미소 지은 날들 속에서
네가 잊지 않은 귀하고 무용한 것들을 먹고 마시며
네 안에서 조용히 키를 키워온 내가.

내 목 뒤로 한쪽 뺨을 기대고
어떤 피로감을 고백할 너에게
그때 다시 한번 꼭 말해줄게.

고마워, 여기까지 와줘서.
생일 축하해.

네가 얻고자 하는 많은 것 중
가장 값진 것들은
이미 네 안에
다 있다는 것까지도.

좌절을 딛고
자라는 것들

뜨겁게 내렸던 커피는 차갑게 식은 지 오래, 무언가를 다시 시작하기에는 늦은 완벽한 새벽이다. 노트북 앞에 앉아 허탈한 한숨을 쉬었다. 하루를 탈탈 털어 써 내려갔던 글이 이제 와 영 마음에 들지 않았다. 무수한 문장들이 지워졌다. 우쭐한 백지를 바라보는 머리는 창백했고, 마음은 소란스러웠다. 홀로 치열했던 시간은 내게 아무것도 쥐여주지 않은 채 약 올리듯 멀어져 갔다. 둔탁해진 시선으로 그 뒷모습을 바라보다 이내 미련을 덮고 자리를 정리했다.

침대에 누웠지만 잠이 오지 않았다. 새벽마저 저물던 시간,

뒤척임 속에서 최근의 기억들이 산란하게 떠올랐다. 그중 하나는 친구와의 대화였다.

"지은아, 너도 네가 쓴 글이 마음에 들지 않을 때가 있어?"
"그럼, 마음에 들 때가 오히려 없어."
"근데 어떻게 계속 써?"
"마음에 들지 않으니까. 계속 쓰고 고치는 거야, 마음에 들 때까지."

당연하다는 듯 쉽게 대답했지만, '계속'이라는 두 글자에 빽 빽이 숨겨둔 시간들은 참 쉽지 않았다. 끝도 정답도 정해져 있지 않은 여정, 결과를 내어놓지 못한다면 의미를 잃는 시 간들, 아주 가끔 환호하나 그보다 자주 무너지고야 마는 일.

글을 쓰는 것만이 그러할까. 춤추고 노래하는 이들도, 그림 을 그리는 이들도, 어떤 문제의 답을 찾아야 하거나 무언가 를 기획하는 이들도 같지 않을까. 누구나 한 번쯤 마주했 을, 좌절과 허무에 체해 뒤척이는 새벽.

새벽을 닮아 고요해진 SNS 피드를 무심코 밀어 올리다, 하나의 문장을 마주했다.

운명은 어딘가 다른 데서 찾아오는 것이 아니라 자기 마음속에
서 성장하는 것이다.

헤르만 헤세의 문장이었다. 그로부터 나는 작은 확신을 빌
려 덮었다. 무엇도 증명해내지 못한 시간, 아무것도 완성하
지 못했다 치부한 오늘은 그럼에도 불구하고 분명하게 성
장한 날이라는 확신. 언젠가 반드시 마주해야 했던 좌절이
며 마땅히 필요했던 실패다. 내 안의 성장통인 것이다, 피
할 수 없는.

노력하면 할수록 울고 싶어지는 그런 날, 그런 밤이 있다.
당장 결과를 보여주지 않는 시간 앞에 그대 무너지지 않기
를. 때론 지더라도 한숨 푹 자고 일어나 다시 명랑하게 웃
기를. 계속 나아가기를. 절실하게 헤매기를. 또다시 위태로
운 밤이 온다 해도.

편애해줘

편애해줘.
손 좀 잡아줘.
시시콜콜 궁금해해 줘.
까다롭게 굴지 말아줘.
깨질 듯 아껴줘.

내게 말고
당신 스스로에게

오늘은 다정해 줘.

'나'
다루는 법

벨 소리에 집 대문을 빼꼼히 열어보니
며칠 전 주문한 나무 한 그루가 도착해 있었다.
반가운 마음으로 화분을 들어 옮기려는데
어딘가에 꽂혀 있었을 작은 엽서가 툭 떨어졌다.

저온에서도 잘 버티기는 하지만 5도 이상은 유지해주세요.
겨울에는 따듯한 실내에서 키우는 것이 좋습니다.
화분의 흙을 만져보아 건조하다면 물을 주세요.
보통 14일에 한 번씩 1.5리터의 물을 필요로 합니다.

나무 한 그루만큼의 명료함으로
우리는 우리 스스로를 다루는 법에 대해 설명할 수 있을까?
각자의 삶에서 자신의 갈증을 해소하려면
무엇이, 어떤 주기로 필요할까?

오늘은 모두
작은 종이 한 장을 꺼내보았으면 좋겠다.
그 위로 적어 내려갈 글의 첫 문장은 "나 다루는 법".

아무도 몰라줘도,
나 스스로는 알아줘야 하는 거니까.

○

작가의 '나 다루는 법'

혼자 있고 싶다고 해도 이틀 이상은 혼자 두지 마세요.

꽃을 안겨준다면 대부분의 문제는 해결이 됩니다.

잘 가, 인사를 나눴어도 한 번은 뒤돌아봐 주세요.

당연한 헤어짐에도 쉽게 발을 떼지 못하거든요.

알아요. 나도 내가 가끔은 어리석단 것.

우리는 우리 스스로를
다루는 법에 대해 설명할 수 있을까?
각자의 삶에서
자신의 갈증을 해소하려면
무엇이, 어떤 주기로 필요할까?

틀린 길로 굳이 걸어간다면

안 된다고 막아서기보다

그 길이 시작된 곳에서 조금만 기다려주세요.

늦지 않게 꼭 돌아올 테니.

어쩌면 맞는 길로 만들지도 모르고요.

내가 나의
쉴 곳이 되길

대학 시절의 강의실. 예고되었던 쪽지시험이 치러진 날이었다. 정답을 알고 있는 문제들, 그만큼의 안도와 청춘의 낭만을 변명 삼은 오답들, 또 그만큼의 후회와 교수님을 향한 애꿎은 원망까지도 꾹꾹 눌러 담긴 답안지들이 겹겹이 거둬졌다. 얼마간의 소란 끝에 교수님께서 우리, 학생들을 향해 물으셨다.

"오늘 돌아가면 무엇을 할 건가요?"

그의 기습적인 질문과 눈이 마주친 학생은 다름 아닌 나였고, 하필이면 그 당시 나는 너무 솔직했다.

"저는 구두를 사러 갈 겁니다."

"왜죠?"

"시험 준비하느라 제가 너무 고생한 것 같아요."

장난기 섞인 내 대답에 교수님께서는 놀랐다는 듯 눈을 동
그랗게 뜨시더니 이내 활짝 웃으셨다.

"정답입니다. 돌아가는 길에는 자신을 위한 선물을 준비해
보세요. 작고 소소한 것도 좋습니다. 스스로가 스스로를 격
려해주는 일을 잊지 마세요. 모두 고생 많았습니다."

벌써 10년도 더 지난 일인데 참 선명한 기억이다. 어쩌면
그것이 시험지에 있던 그 어떤 문답보다 중요한 가르침은
아니었을까.

이른 아침의 출근길, 마주 보고 걸어오는 이에게 눈길이 갔

다. 그의 손에는 음료 한 잔이 야무지게 쥐여 있었다. 커다란 사이즈의 컵에 휘핑크림까지 듬뿍 얹어져 있던 음료. 스스로를 향한 격려였을까, 어떤 다짐이었을까, 혹은 그저 마음의 흐름이었을까. 이유야 무엇이든 무거운 졸음을 물리치고 어김없이 길을 나선 스스로에게 쥐여주었을 소소한 선물. 그를 지나쳐 걷는 길 위, 속으로 다짐이자 약속을 했다. 삶이 쉽지 않을수록 스스로에게 인색해지지 말자고, 나의 고생과 수고를 기꺼이 알아주자고, 내가 나의 쉴 곳이 될 수 있도록.

유쾌한
포기

이런 포기는 어떨까?

당신을 믿지 않는 것.
구태여 자신의 부족한 부분을 찾아내는 것.
자신을 깎아내리는 말버릇이나
나를 배려하지 않는 이들의 곁에 함께하려는 애씀.

그런 쓸모없는 일들에 대한
유쾌한 포기.

삶은 아직,
진행 중

대학교 근처를 지나던 길이었다. 졸업한 지 10년이 다 되어
가는데도 선명한 기억들이 얼마쯤 있었고, 눈이라도 마주
치면 그리움에 길을 잃을까 빠르게 걸음을 옮겼다. 큰길을
건너기 위해 횡단보도 앞에 섰을 때였다. 붉은 신호등을 확
인하려던 시선이 맞은편에 선 이들에게 멈췄다. 그곳에는
생기로운 젊음들이 각자의 무게를 안고 메고 그러나 가뿐
히 서 있었다.

문득 영영 건너지 못할 길 같았다. 저 건너의 이들은 무한
한 가능성으로 반짝이는데, 이곳의 나는 퇴색한 꿈 같아서.

세상이 만만하지는 않았지만 두렵지도 않았던 시절이 분명히 있었다. 요즘은 곧잘 두렵다. 이쯤 되면 정상 언저리쯤은 오를 줄 알았는데, 여전히 한 치 앞을 알 수 없는 울창한 숲속. 다시 내려가 새로운 길을 확인하기엔 올라온 길이 까마득했다. 그나마 희망은 선택할 길이 줄어들었다는 것인데, 그중에 맞는 길이 있다는 편견이 어쩌면 더 길을 잃게 하는 것인지도 모를 일이었다.

"이번 생은 망한 걸까." 유행처럼 번진 문장 옆에 내 삶도 슬쩍 놓아보던 날들이 있었다. 그렇게 헤매던 중 마주한 삶의 조각들, 인생을 앞서 걸은 이들의 문장이었다.

세상은 서러움 그 자체고, 인생은 그냥 불공정 불공평이야. _윤여정 ♦

고난이 올까 봐 쩔쩔매는 것이 제일 바보 같은 거여. 어떤 길로 가든 고난은 오는 것이니께 그냥 가던 길 열심히 걸어가. _박막례 ♦♦

♦   tvN 〈현장토크쇼 TAXI〉 인터뷰 중
♦♦ 박막례·김유라 지음, 《박막례, 이대로 죽을 순 없다》, 위즈덤하우스, 2019

길을 가르쳐주려는가 싶어 따라 걸었으나, 아니었다. 그 조
각들은 생을 알려주고 있었다. '생은 원래 쉽지 않은 거야.
기대도 욕심도 말고 그냥 걸으렴. 길을 잃어도 괜찮단다.
생은 남는단다. 정상에 오르지 못해도, 닿은 곳이 하필 꽉
막힌 벽 앞이더라도 생은 온전히 남는단다.' 그들의 삶과
문장들이 내 등을 토닥이는 듯했다.

세상은 늘 어렵고 꿈은 여전히 멀고 마음은 언제나 서툴다.
그러나 우리는 기어코 살아 있고 애써 살아내고 있다. 그런
우리의 생이 망했다니! 성공과 실패는 결론적 성격이 짙은
단어. 우리는 그저, 진행 중이다.

♦   장명숙 지음, 《햇빛은 찬란하고 인생은 귀하니까요》, 김영사, 2021

틀린 길은
없다

우리가 태어날 때 목적이란 것이 있었나요.
목적이 없으니 방황하는 걸음이란 당연한 것.
어쩌면 삶이란 어디론가 도달해야만 하는
숙제 같은 것이 아니라
그저 살아내는 것, 그뿐인지도 모릅니다.

굳이 닿아야만 하는 곳이 없는데
틀린 길이 있을 리가 있나요.
낯선 길에 닿는다면 반가운 여행처럼
걸어내면 되는 거지요.

문득 불안할 땐 옆 사람 손을 꼭 잡고.

그 감정마저 존중하면서.

___

당신은 삶에 대해 당신의 똑똑한 말들로

그 의미를 숙고하고 곱씹으며 야단법석을 떨지만

우린 그저 삶을 살아가지.

- 메리 올리버 〈잘 가렴, 여우야〉 중 ♦

♦ 메리 올리버 지음, 민승남 옮김, 《천 개의 아침》, 마음산책, 2020

우울도
정리가 필요합니다

우울한 날이다. 우울이란 감정은 참 군더더기가 없어서 "뭐가 그리 우울해", "왜 그러는데" 같은 질문에 쉬이 답할 방도가 없다. 겨울철 채도가 낮은 울 코트처럼 단정하고 조용히 온몸을 착 감싼다. 그렇다. 우울한 날은 '그냥'도 우울하며 벗어날 수 없기도, 때로는 굳이 벗어나고 싶지 않기도 하다.

이런 날에는 아무리 추워도 집 밖으로 나가야 한다. 모래주머니처럼 무거운 몸을 억지로 일으켰다. 매서운 바람에 얼마 걷지 않고 들어선 곳은 집 근처 잡화점이었다. 예쁘고 실용적인 것 같지만 막상 집에 가져가면 수일 내로 방치되는 것들이 가득한 곳. 취향이란 참 한결같다. 이미 세 번 이상 구입한 적 있고 세 번 이상 잃어버려 결국 몇 장 쓰지도 못했던 비슷비슷한 메모지들, 가방에 두 개나 있는 0.7mm 볼펜, 또 똑같은 브라운 커버의 노트, 닿을 곳 없는 엽서 몇 장, 목적 없는 스티커까지. 이것저것 내키는 대로 골라 쥐었다.

계산대 앞에 섰다. 내 앞으로 둘이 있었는데, 잠시 주변을 둘러보는 사이 어느새 한 명이 남아 있었다. 열 살쯤 되어 보이는 여자아이였다. 아이가 계산대에 내민 것은 단 하나. 네모반듯한 지우개였다. 삑, 점원이 바코드를 찍었고, 계산기에는 500원이라는 금액이 찍혔다. 아이는 주머니 속에서 꺼낸 100원짜리 동전을 야무지게 세어 다섯 개를 점원에게 건넸다. 심심한 영수증이 출력되는 사이, 아이는 잠시 고민하더니 남은 동전 두 개로 계산대 앞에 귀엽게 포장되어 있는 알사탕 하나를 더 샀다. 손에 쥔 사탕을 기쁘게 바라보는 아이의 동그란 표정에는 봉봉 뜬 기분이 데굴데굴 굴렀다.

내 차례가 되어 계산대 가득 물건을 올려두었다. 이제 이런 것쯤은 동전을 세지 않아도 쉽게 가질 수 있게 되었는데, 왜 기분은 나아지지 않는지 꺼림칙했다. 가격만 삑 찍어대는 바코드 리더기와 내가 다를 것이 있나, 싶었다. 설렘, 들뜸, 기대, 기쁨, 행복…. 명도 높은 감각들이 무뎌지고 있었다. 어쩌면 전보다 쉽게 우울에 지는 것도 그 때문일지 모른다. 사라져가는 날들 속 유희의 순간들을 곱씹어 기억하는 것, 생활에 쉬이 마모되지 않는 것, 무용한 질문들을 잃지 않는 것, 이런 애씀이 필요한 시점이다. 우울이란 이름의 내 안에 갇히지 않고 나에게 속지 않고 나를 속인 나에게 배신감 느끼지 않으며, 굳이.

잡화점 근처의 카페에 들어가 2층 창가석에 자리를 잡았다. 창밖으로는 앙상한 나뭇가지들이 무성했다. 곧 눈길을 끈 것은 가지마다 노랗게 내려앉아 있던 따스한 햇볕, 명료한 봄의 예고였다. 따뜻한 머그잔을 꼭 쥐어 들며 다짐했다. 집으로 돌아가면 옷장 정리를 해야겠다고. 핑계가 좋은 시기다. 편안했던 코트도, 어둡고 두터운 감정들도 쉬이 손닿지 않는 곳으로 정리해두기에.

계절은 이렇게 또 제 몫을 한다. 쉼 없이 오고 가며.

불안에
불안해하지 않는 연습

우리는 서로가 곁에 있는데도
모두 앞서 떠난 기분이라며 초조해했어.
누군가 소유한 반짝이는 것들을 바라보며
우리가 가진 것들을 잊고 초라해졌어.

어쩌면 우리가 불안에서 벗어난다는 것은
지구의 생에선 어려운 일인지도 몰라.
적어도 이 도시에선 선택할 수 없는 삶인지도 몰라.

가지고 있던 온갖 욕심들을 하찮게 여길 줄 아는.

탐하던 무엇으로부터 나 자신에게로 의미를 옮겨오는,
열망이 사라진 마음의 쾌적함을 느끼는 삶.

알지, 잘 알아.
알면서도 어떻게 쉽게 선택할 수 있겠어.

다시는 반복할 수 없는 여행,
순간순간을 아쉽게 지나치는 우리가
어떻게 쉬이 못 본 척할 수 있겠냐는 말이야.
닿지 못한 반짝이는 삶의 궤적을
만져보고 싶은 온갖 아름다운 것들을.

다만 매번 무너지지 않도록
불안에 불안해하지 않는 연습을 하자.

불안의 파도 앞에 허우적거리며 가라앉는 것이 아니라
힘을 풀고 관망하는 용기를 갖는 것.
답답한 가슴은 잠시 숨을 참아 나를 지키는 과정,
적당한 때가 오면 꼭 수면 위로 올라와 숨을 가다듬는 것.
내쉬고 마시는 숨 속에서 객관화된 내가 아닌

나의 주관을, 내 욕망의 실체를 목격하는 것,
언젠가 이 모든 것들을 놓아주어야 함을 기억하는 것.

불안이란 파도는 당연하단 듯 또 밀려와
깜깜히 우리 머리 위를 덮겠지.

두려워 말고 또 왔느냐며
능청스레 마주하자.
매일 밤 찾아오는 어둠에
매번 겁먹지는 않듯이.

더없이
솔직해질 용기

누구나 가슴속에 고무주머니를 하나씩 가지고 있다. 해소하지 못한 사건들은 그 안에 고이고, 우리가 외면한 감정에 비례하여 묵직한 무게감을 갖는다. 버티고 버티며 위태롭게 차오르던 고무주머니는 예상치 못했던 순간, 걷잡을 수 없이 넘쳐흐른다, 반드시.

최근 한 명상 프로그램에 참여했을 때였다. 명상 선생님께서 한 명상가에 대한 이야기를 들려주셨다. 이야기 속 명상가는 기억력이 감퇴하는 병, 알츠하이머를 앓고 있었다. 어느 날 그는 수많은 사람 앞에 연사로 서게 되었다. 무대 위에 오르자 사람들이 눈을 반짝이며 그를 바라보았다. 고요한 설렘이 공간을 지배하던 그때, 그는 깨달았다. 준비한 이야기들이 전부 기억나지 않는다는 것을. 그의 병 때문이었다.

우리라면 그 순간을 어떻게 타개할까? 어떤 말로 이야기를 시작할 수 있을까?

명상가는 무대 위에서 가만히 눈을 감고 이렇게 자문자답을 이어갔다고 한다.

"불안한가요?
네, 그렇습니다.

무서운가요?
네, 그렇습니다.

두렵습니까?
네, 그렇습니다.

수치스러운가요?
네, 그렇습니다."

자신에게 기대하는 바가 있는 사람들 앞에서라면 들키고
싶지 않을 부정적인 감정들. 명상가는 그 모든 것들을 말끔
히 꺼내어 보였다. 차근차근 이어지던 질문과 답, 그 마지
막은 이랬다.

"편안한가요?
네, 그렇습니다."

어떤 설명이 더 필요할까? 그는 몸소 보여주었다. 내면의
모든 부정적인 감정들을 인정하고 존중했을 때 비로소 편
안함에 다다를 수 있다는 것을.

수업이 끝나고 모두가 떠난 공간에 혼자 남았다. 온기가 남
아 있는 매트를 돌돌 말아 묶으며 명상가가 스스로에게 물
었던 질문과 대답을 고요하게 발음해보았다.

"불안한가요?

네, 그렇습니다.

두렵습니까?
네, 그렇습니다."

눈물이 왈칵 치올랐다. 부재한 듯 늘 그 자리에 존재했을 고무주머니가 넘치고 말았던 모양이다. 당황스러웠지만 이내 반가웠다. 괜찮은 척 위태로웠던 날들, 꼭 한 번은 비워야 하는 것이었다.

그날 밤, 나는 솔직해지기로 했다. 못났다며 숨겨놓았던 감정의 실체를 종이에 또박또박 적어보았다.

'절망감이 밀려들 때가 있다. 사실 아주 잦다. 그 앞에 설 때면 난 까마득히 높은 파도를 마주한 듯 무력해진다. 행복한 사람이기보다는 행복해지기 위해 애쓰는 사람에 더 가깝다. 이를 인정하기까지 하염없이 많은 낮과 밤이 필요했다. 다만, 노력하는 만큼 행복해질 수 있다는 것은 믿는다. 그런 믿음 때문인지 노력으로 극복 불가한 자연재해를 겁낸다. 예를 들면 불치의 병, 나이 듦, 그리고 오래 머물지 않는

사람의 마음 같은. 스스로의 용기 없음에 자주 마음을 글썽이고, 그런 나를 일으켜 세우려 글을 쓴다.'

보이지 않는 것을 보이지 않는 대로 상대하는 것보다 어려운 것은 없다. 외면했던 감정들에 대한 자각은 이에 대적할 방법을 조금이라도 알 것 같다는 기분이 들게 했다. 절망 속에서 느끼는 충분한 희망, 더없는 가뿐함이다.

"편안한가요?
네, 그렇습니다."

내가 마음에
들지 않는 날에는

잠 못 드는 밤. 무심코 힘이 들어간 눈꺼풀, 산란한 마음, 무언가 당신을 무력하게 만들었군요. 이런 내가 참 별로다, 싫다가 나를 미워하는 내가 싫어지던 반복. 그래서 우리는 누군가의 사랑을 갈망하는지도 몰라요. 나를 사랑이라 불러주는 존재 앞에서라면, 나도 사랑받을 만한 존재이구나, 믿게 될지도 몰라서.

하지만 대책 없는 낭만은 아름답게 다가와 짙은 상흔을 남기곤 했죠. 약속은 덧없이 무너지고 기대는 실망이 되어 또다시 마주한 불면의 밤.

나는 두 눈을 감고
당신의 숨소리에 귀 기울여요.
깊게 마시고 내어 쉬는 숨.
그 소리가 파도 소리를 닮아
검은 밤, 검은 바다 앞에 선 것 같아요.

나는 그렇게 당신의 숨소리에,
당신은 나의 숨소리에 기대어
우리의 바다를 마주해요.

쓸려나가고 밀려 들어오는 무수한 반복,
딱 그 정도의 당연함으로
모든 감정의 들고 남을
그저 가만히 바라보는 밤.

기억해야 해요.
우리는 파도에 방향을 잃고
비바람에 위협받는 배가 아니라
그 아래, 드넓은 바다.

괜찮지 않은 것들이 둥둥 떠다니고
표면은 거칠게 일렁여도
저 안 깊숙이
고요를 품은, 바다.

사랑받지 않아도
사랑받을 만한.

무력하더라도
이미 많은 것을 해내고 있는.

우리의 숨소리에 귀 기울여요.
같은 밤, 그 아래 닮아 있는 우리,
우리의 파도 소리.

기억해요.
우리는 검은 밤 그 아래
드넓은 바다.

파도에 방향을 잃고

비바람에 위협받는 배가 아니라
그 아래, 드넓은 바다.

절망이기도,
희망이기도 한

삶이란
허무하도록 보잘것없이 아름다운 것.

원해서 가진 것도 아니며
원한다고 가질 수도 없으면서
문득 놓고 싶어지기도 하는 것.

그러나

꺾이고도 꼿꼿이 피어나는 한 송이의 꽃,

닫히는 문을 붙잡아준 낯선 이의 친절,
한입 가득 퍼지는 음식의 온기에

슬며시 초라한 기대를 품어보는 것,
다시금 꼭 쥐어보게 되는 것.

매일 조금씩,
나를 알아간다는 것

청춘의 소실을 겁내지 말 것.

우리는
사라지고 있음이 아니라
선명해지는 것.

나만의 레시피를 하나쯤 갖게 되는 것.
옷을 고를 때 실패가 줄어드는 것.
좋아하는 꽃의 이름을 알게 되는 것.

가슴속에 문장 하나를 품는 것.

타인의 시선에 의연한 눈빛을 띠는 것.

"내면의 땅을 하루 한 뼘"◆씩 넓혀가는 것.

허락된 영원까지

완성되지 않을

단 하나의 졸업작품을

만들어가는 것.

◆ 페르난두 페소아 지음, 배수아 옮김, 《불안의 서》, 봄날의책, 2014

내 친구
김다나의 취향

김다나. 친구의 이름 세 자를 떠올려보았다.

그녀는 수학 전공자인데 숫자 표현이 모호하다. 그녀의 재산은 1원에서 5억 사이, 퇴근 시간을 물으면 "해가 지기 전"이라는 표현을 "오후 4시 30분" 대신 사용한다. 딸기가 빼곡하게 올라간 생크림 케이크를 좋아하고 장르가 존재하지 않는 춤을 즐겨 춘다. 추리닝 바지에 아무렇게나 매치해 입는 상의, 자주 맨얼굴이다. 화려하지 않음에도 명료한 잔상이 남는 사람. 그녀에 대해서라면 빈 종이 한 면을 빼곡히 채우는 건 일도 아니다.

나는 어떨까? 누군가의 여백에 문득 내가 떠오른다면, 몇 개의 문장이 맺어질 수 있을까? 의아하게 흥미로운 무엇이 내게도 있을까? 정직한 색깔의 물감들이 가지런히 짜인 나의 팔레트와 이름을 알 수 없는 기묘한 그녀의 색을 번갈아 바라보던 시기가 있었다.

"그 가게에서 닭고기덮밥 주문하면서 찐 양배추 추가해. 진짜 맛있어!"

내가 좋아하는 덮밥 메뉴를 친구 다나에게 추천하던 차였다.

"양배추? 난 채소는 안 좋아해."
"너 '파'는 좋아했잖아?"

그녀의 대답에 함께 떠났던 캠핑장에서의 일이 기억났다. 머리카락에서 파 냄새가 폴폴 날 때까지 밤새 파를 튀기던 그녀.

"튀겨서 맛없는 건 없다? 튀기면 못 먹는 게 없지."

그리고 이어서,

"나는 채소가 싫은데 특히 쪄서 먹는 건 더 싫더라. 그래
도 고기를 먹으려면 채소를 먹긴 해야 하잖아? 그나마 먹
는 건 아스파라거스! 이것도 생으로 먹는 건 싫고, 구운 것.
버터 솔솔 녹인 팬에 아스파라거스나 브로콜리를 구워 먹
는 건 좋아해. 브로콜리는 데쳐서 초장에 찍어 먹기도 하잖
아? 난 그건 별로더라고. 내 생각에 브로콜리를 제일 맛있
게 먹을 수 있는 건 곱게 갈아서 만드는 크림수프! 그 맛 알
지!? 아, 맞다! 나 쪄 먹는 것 중에 좋아하는 거 생각났어!
고구마! 고구마는 쪄서 먹는 것도 좋아."

이렇게나 자기 것이 뚜렷한 사람이 있을까. 무엇 하나 쉬이
좋아하고 싫어하는 것이 없다. 모든 경험의 가치를 소중하
게 다룰 줄 아는 사람, 그 충실함 속에서 자신의 취향을 확
고히 다져가는 사람. 그녀만의 고유한 색은 그렇게 만들어
지고 있었다.

취향이란 수많은 '알아차림'이 쌓여야 비로소 명료해지는
것. 단순히 상징적인 것을 구매한다고 갖게 되는 것이 아니

다. 새로 나온 메뉴를 맛보고, 마음이 끌린 공간을 방문하고, 거리를 걷거나 누군가와 대화를 나누는 일상적인 순간의 틈새에서 자신의 목소리를 발견하는 일, 그 경험의 축적이다. 누군가 찾아오거든 기쁘게 안내해줄 수 있는 자신의 영역이 이 세상에 생기는 것. 당신이 어떤 사람이냐는 질문에도 망설임 없이 답할 수 있게 되며, 무려 기쁨이 덤이다.

그녀는 때로 초코 과자나 슬라이스 된 레몬같이 어울리지 않는 것을 기름에 튀겨보는 기이한 행동을 하기도 한다. 하지만 그조차 본인이 '튀겨진 초코 과자'를 좋아하는지 알아보려 함이라면, 말릴 수 없겠다. 이런 도전의 행위조차 그녀의 취향일 수 있겠고.

우리도 우리의 영역을 찾아 분주해지자. 언젠가 우리가 마주한다면 서로가 마음을 빼앗긴 것들에 대해 숨차도록 늘어놓을 수 있도록. 나는 그런 당신의 이름으로 또 한 편의 글을 써 내려가도 좋겠다. 어렴풋한 기대로 덜컥 행복해지는 기분. 어쩌면 내 취향은 나와 당신을 발견하는 여정에 있는지도 모르겠다.

나를
소개합니다

저는 편지 쓰는 것을 좋아해요. 더 정확하게는 건네고 만 편지가 봉투에서 꺼내지기 전까지의 간질간질한 설렘이 좋아요. 그리운 이가 많아지는 늦은 밤이 좋고, 그 밤을 닮은 목소리로 불리는 노래들을 좋아해요. 뺨에 닿는 강아지의 따뜻하고 축축한 콧김을 좋아하고요, 자신에게 소중한 것이 이 안에 다 있다며 강아지와 제게 초점을 맞추는 남편의 카메라 앵글을 좋아해요. 월요일 아침의 절망에서 구해주는 친구들의 연락을, 겨울이면 엄마가 구워주는 군고구마를, 가족 모두가 함께 둘러앉은 저녁 식탁을, 얼그레이 케이크를, 밤 열두 시의 진한 아메리카노를, 사치스럽게 마음을 부린 새벽을 좋아해요.

이제는 당신 차례, 당신은 무엇을 좋아하나요?

나는
나의 든든한 백

해보고 싶은 것이 생겼는데 해볼까, 내가 할 수 있을까, 해내지 못하면 어떡하지, 고민과 단념 그 뒤를 잇는 미련이 뫼비우스의 띠처럼 이어지던 때였다. 내 이야기를 가만히 듣던 친구가 말했다.

"백 년도 못 살 거면서, 천년만년 살 것처럼 고민하더라, 넌."

참 쉽게도 잊었다. 때로는 버거울 정도로 길다 여겨지지만, 숫자로 적어 넣고 보면 아쉬울 정도로 짧은 것이 우리에게 주어진 시간이라는 것. 해보자. 해내기 위해서, 무엇을 이루기 위해서가 아니라 '그냥 한번 해보고 싶다는 나'를 위해서.

싫어도
싫어할 수 없는

좋아해요.

완벽하지 못한, 어설픈,

스스로의 마음을 설명해내지 못하는,

혼자가 편안한, 다만 누군가를 기다리고 있는,

명랑 뒤에 연약을 숨긴, 혼잣말이 느는,

아닌 척 사람을 믿는,

사랑이 어려운, 종종 이기적인,

어쩌면 조금은 못된…, 그런 당신을, 그런 나를,

당신이 이 모든 것을
실패라 하더라도
나는 그 모든 것을
성공이라 부르겠다.

원하는 것에 대해 고민했던 날들과
단 하루라도 무언가에 매진했던
그 시간만큼의 사랑스러운
너무나도 사랑스러운 성공.

사랑스러운
성공

고심해서 고른 다이어리의 존재를
한 달 후면 잊어버리고 마는 사람.

큰맘 먹고 결제한 온라인 강의에
딱 열흘을 출석하는 사람.

매년 새해에는 버릇처럼 영어 공부를 다짐하지만
따듯한 봄이면 그보다 중요한 것이 잔뜩 많아지는 사람.

먼지 쌓인 카메라, 반도 읽지 않은 책, 굳어가는 물감, 빨래

너는 데 쓰이는 자전거, 처음 의도와는 전혀 다르게 사용되고 있는 아이패드…. 온갖 취미를 탐색해본 결과물들로 집이 북적이는 사람.

당신이 이 모든 것을 실패라 하더라도
나는 그 모든 것을 성공이라 부르겠다.

원하는 것에 대해 고민했던 날들과
단 하루라도 무언가에 매진했던 그 시간만큼의
사랑스러운
너무나도 사랑스러운 성공.

2장

마음을 _____

주고받는
일

그냥,
그러려니

내가 만든 오해라면 스스로 풀어볼 텐데,
누군가가 만들어놓은 나에 대한 오해는
그 시작과 끝을 가늠하기도 어렵다.

너무 애쓰지 않는 노력을 한다.

이유 없는 사랑을 받았던 때가 있었듯,
어쩔 수 없이 받아야 하는 미움도 있는 거겠지.

그냥, 그러려니.

나를 미워하는
이에게

어서 오세요.
무거운 코트는 벗어 제게 주세요,
질투하고 시기하고 미워하는 마음은.

잘 걸어두었다 가실 때 돌려드릴게요.

방 안 가장 높은 곳에 야광별을 붙여본 적 있나요,
낡은 일기장 속 상처받은 아이의 마음에
눈물 쏟아본 적은요,
사랑이 산타의 선물 같나요, 기쁘지만 거짓인.

내가 당신과 많이 다르던가요.

당신은 꼭 단단한 껍질을 가진 과일 같아요.
어떤 연약을 숨기고 있죠.
그것은 나누면 달다는 것을 알까요.

당신을 해칠 마음은 없어요.
원한다면 디저트를 내어올까요.
나의 절망과 좌절,
어디에도 꺼낸 적 없는 슬픔은 어떤가요.
그러면 좀 더 머물고 싶어질까요.

반가웠어요.
오랜만에 시끄러워진 마음,
덕분에 또 한 번 살아 있구나 싶었어요.
제가 제 자신을 지키고 싶어 한다는 것도 알았죠.

맡아두었던 코트를 꺼내드릴게요.
두고 가는 것 없이 잘 챙겨가세요.
어떤 의미로도 남지 않도록.

잘 가세요.

굳이 또 보지 말자는 당부로 대신해요,

우리의 안녕은.

지금 내 마음의 계절은
어디쯤일까?

힘들었던 순간을 배낭처럼 메고 걷는 성격이 아니다. 그 자리에 고이 두고 오고 애써 잊어버린다. 그런데 요즘도 가끔 기억나는 것을 보면, 마음고생이 심하긴 했었구나 싶은 일이 있다. 나에 대한 험담이 돌고 돌아 내게까지 닿았던 때였다. 이미 사람들에게 '사실'은 중요하지 않았다. 편견 어린 시선들 사이에서 잔뜩 엉켜버리던 마음.

나를 안타깝게 바라보던 동료가 있었다. 그녀는 어느 날 내게 종이 한 장, 펜 한 자루를 쥐여주곤 말했다. 비 내리는 날 나는 어떤 모습인지 그려보라고, 미술 치료를 조금 배웠다

고 했다. 어디에라도 기대고 싶었던 걸까. 나는 기다렸다는
듯 막힘없이 그림을 그려나갔다. 가지가 어떻고, 뿌리가 어
떻고 하는, 주워들었던 미술 치료 해석을 힐끗힐끗 의식하
며 나무를 한 그루 그리고, 아담한 집 한 채와 나, 마지막으
로 무섭게 쏟아지는 빗줄기들을 사정없이 그었다.

"강 건너 불구경하고 싶은 마음이네요."

내가 그리는 그림을 가만히 바라보던 그녀가 말했다. '그림
속의 나'는 집 안에서 쏟아지는 비를 바라보고 있었다. 비
를 맞고 있는 모습도, 우산을 들고 밖으로 나선 모습도 아
니었다. 현재의 시련에 적극적으로 맞서는 것이 아닌 한 걸
음 물러나 그저 바라보고 싶은 것, 그것이 그림에 투영된
내 마음이라고 했다.

무엇도 변명하고 싶지 않고
누구도 이해시키고 싶지 않은 마음.

푸른 잎이 무성한 여름의 나무들. 그들은 강한 바람이 힘껏
가지를 쓸어 넘겨도 쉽게 잎을 내어주지 않는다. 그런가 하

면 겨울을 앞둔 나무들은 잎을 떨구는 일에 미련이 없다. 나무는 잘 알고 있다. 아프도록 흔들리더라도 놓지 않고 꼭 잡고 있어야 할 때와 자신을 지키기 위해 모든 것을 놓아주어야 할 때를.

우리도 같지 않을까. 사람들 사이에 섞이기 위해 애쓰는 시기가 있다면 잠시 한 걸음 멀어져 스스로를 돌봐야 하는 시기도 필요한 것. 그때 내 마음의 계절은 겨울이었던 것 같다. 내가 어쩔 수 없는 사람들의 마음은 놓아두고 나를 돌봐야 하는 겨울.

종종 세상의 계절이 아닌 자신의 계절을 들여다보는 시간이 필요하겠다. 지금을 지나는 나와 당신의 계절은 어디쯤일까.

누군가의 행복을
바란다는 것은

누군가의 행복을 바란다는 마음이,
누군가의 삶에 개입해도 된다는 것에
정당성을 부여하는 것은 아니다.

때로는 한 걸음 물러나 바라볼 것.
요란스레 믿어주고 소리 없이 응원할 것.

그러다 문득 지쳐 보이는 날에는
그 곁에 같이 웅크려 앉아

"나 여기 있어",

말해줄 것.

마음
소모 방지법

복작복작한 삶이다.
가끔은 부딪혀온 어깨에 울컥해도
발꿈치를 밟은 내 발을 대수롭게 여기지 않았던 누군가처럼
그럴 수 있다 여기면 그뿐.

스쳐 간 혹은 스쳐 갈 모두에게 마음을 쓰다간
정말이지 닳아 없어질지도 모른다니까.

그것이 다정이든 냉랭이든,
마음은 마음.

누군가에게
상처를 주었다면

내가 처음 입사한 회사는 여행사였다. 입사한 지 1년쯤 되었을 때 라스베이거스 출장 업무가 주어졌다. 운이 좋았다. 신입에게는 잘 주어지지 않는 기회였다. 출장지에서 나의 임무는 국제 행사에 참여하는 고객들의 현지 여정을 돕는 것이었다. 출장을 빌미 삼아 해외로 향한다는 설렘도 잠시, 잘 해내야 한다는 부담감이 보름치 짐을 잔뜩 챙긴 캐리어보다도 무거웠다.

라스베이거스의 호텔에 도착했을 때 고객 중 VIP 한 분의 객실에 문제가 있는 것을 발견했다. 그는 이미 공항을 출발

해 호텔을 향해 오고 있던 터였다. 가슴이 철렁 내려앉았다. 나는 다급히 호텔 매니저를 찾아가 그녀에게 문제를 지적했다. 통성명도, 인사도, 그녀가 하고 있는 업무에 대해 배려할 여유 또한 없었다. 내가 안고 있는 문제밖에 보이지 않던 사회 초년생. 어린아이가 떼를 쓰듯 그저 빠른 해결을 독촉했다. 빨리요, 빨리.

고객이 도착하기 전 문제는 가까스로 해결되었다. 안도감과 함께 부끄러움이 밀려들었다. 호텔 매니저 앞에서의 무례하고 미숙했던 내 모습이 떠올라 얼굴엔 더운 기운이 돌았다. 호텔 로비에 초라한 마음을 안고 앉았다. 한참 자리를 뜨지 못하고 고민하던 나는 서투른 영어로 편지를 써 내려갔다.

"제 컴플레인 때문에 당신의 하루가 망가진 것은 아닌지 걱정이 됩니다. 죄송합니다. 그 손님은 우리 회사의 중요한 고객이라 제가 많이 당황했던 것 같습니다. 문제가 해결될 수 있도록 도움을 주셔서 정말 고맙습니다. 같은 필드에서 일하는 선배인 당신이 문제를 해결하는 모습은 정말 멋있었습니다. 영어 실력이 부족해 제 마음이 다 표현될 수 있

을지는 모르겠습니다. 다만 확실히 전하고 싶은 건 당신의
오후가 행복하기를 진심으로 바란다는 것입니다."

편지를 접어 쥐고, 호텔 매니저를 위한 커피도 한 잔 샀다.
마음을 먹고도 머뭇거리다가 용기를 내어 그녀를 찾아갔
다. 당연하게도 나를 반기지 않는 듯한 표정의 그녀. 아까
의 당돌함은 어디서 분실하고 만 걸까. 나는 편지와 커피를
수줍게 건네고는 도망치듯 로비로 돌아와 앉아 짐을 챙겼
다. 잠시 뒤였다. 멀리서 그녀가 빠른 걸음으로 내게 다가
오고 있었다. 예상치 못했던 터라 당황한 나는 자리에서 벌
떡 일어났다. 그녀는 아무 말 없이 미소를 띠었고 나를 덥
석 껴안았다. 화려하게 반짝이는 라스베이거스 카지노 간
판 불빛 아래, 우리 둘은 잠시 그렇게 서로를 부둥켜안고
있었다. 그녀는 자신이 하는 일이니 마음에 두지 말라며 나
의 등을 쓸어주었다. 짧은 순간에 들고 난 감정들의 여운이
짙었다.

완벽하지 못한 모두. 다른 이에게 상처 하나 입히지 않고
살아갈 수 있는 이가 있을까. 다만 스스로의 모습을 돌아보
는 것, 누군가에게 상처를 주고야 말았다면 빠르게 인정하

고 진심으로 사과하는 것, 참 어렵지만 자꾸 노력해야 할 일이다. '진심으로'란 마음만을 다하는 일이 아니라, 정성까지 다해야 하는 일임을 잊지 말고.

미워하는 것보다
중요한 일

당신에게는 정원이 있다. 아름답지 않아도 사랑하고자 부단히 애를 써 가꿔온 곳이다.

우연히, 혹은 야심 차게 들여온 갖가지 풀과 꽃과 나무들. 당신은 그들을 심고 키우고 때론 실패한다. 마음처럼 되지 않아 '에라 모르겠다', 방치해두었다가도 흙을 밀어 올린 연둣빛 잎을 마주하거든 서둘러 물을 구해 오기도 했겠다. 아닌 척, 사실은 곧게 자라나 꽃이 맺길 기대도 하면서.

'누구든 쉬어 가요, 누구든 함께 놀아요.' 모두를 반가이 환

영하던 당신의 정원. 그러나 언제부터였을까, 의도치 않게 밟힌 잎, 예쁘다 꺾어간 꽃, 엉망으로 찍힌 발자국. 당신은 누군가의 방문이 두려워졌다. 당신의 정원을 두르는 명확한 선은 없으나 경계는 분명해진다.

초대받지 못한 누군가가 당신의 정원 안으로 돌멩이를 던진다. 야속하게도 던져진 돌은 당신이 아끼는, 당신이 꽃을 기대하던 연약한 나뭇가지를 부러뜨리고 만다. 당신의 얼굴이 붉어진다. 그의 정원을 찾아내 똑같이 갚아주고 말겠노라며, 당신은 당신의 정원을 박차고 나선다.

슬픔 또는 분노에 사로잡힌 당신에게, 당신의 정원은 잊혀간다. 길을 걷는 중간중간 돌멩이를 주워 담는 당신. 무거워진 주머니 때문에 걸음은 점점 힘겹고 느려진다. 얼마나 헤맸던 걸까. 당신은 드디어 그의 정원 앞에 섰다. 당신은 돌멩이를 꺼내려 주머니에 손을 집어넣는다. 주머니에 넣은 당신의 손가락 사이로 메마른 잎 한 장이 바스러진다. 순간 당신은 깨닫는다. 지금 당신의 정원에는 당신이 없다. 오래도록 지켜온 모든 것들이 속절없이 메말라갔겠다. 지금 이 순간도 갈증에 신음하겠다. 주저하던 당신은 달리기 시작한다. 당신의 정원이 있던 방향이다.

주머니 속에 넣어둔 돌멩이들이 하나, 둘 거리에 떨어진다.
그만큼 더 가벼워지는 몸. 곧 정원에 도착한 당신은 맑은
물을 쏟아붓겠다. 하나하나 조심스레 살피고 매만지겠다.
다행히 당신의 정원에 피어나 자란 것들은 그리 약하지 않
았다. 오래지 않아 이전의 초록빛으로 싱그럽게 산들거렸
다. 사실 당신도 이들을 믿고 있었다. 그 희망으로 달려올
수 있었다.

다시 돌아온 당신 덕분에 정원의 나무들은 마음껏 가지를
뻗어나간다. 제법 굵어진 가지들은 돌멩이가 두렵지 않다.
어느새 울창해진 나무들은 정원 밖의 이들에게도 쉬어 갈
그늘을 드리운다. 돌을 던진 누군가에게도, 공평히. 안과
밖의 의미가 사라진다. 당신의 정원이, 넓어진다.

마음을 가꾸는 일은 정원을 가꾸는 일과 닮아 있다.
누군가를 미워하는 것보다 중요한 일이 있다.

마음을 가꾸는 일은
정원을 가꾸는 일과 닮아 있다.
누군가를 미워하는 것보다
중요한 일이 있다.

우리가 함께
건너온 시절

점심 식사를 하러 감자탕집에 갔다. 감자탕의 구수한 냄새 너머로 눈에 띈 더 구수한 장면. 식당 한편에서 머리는 희 끗, 검버섯은 송송, 굵직한 주름이 가득한 일곱 얼굴의 할 아버지들이 식사를 하고 있었다.

"아니 너는 저쪽 거 먹으라고, 맨날 내 반찬 뺏어 먹더니 그 버릇 어디 안 간다니까."

"사장님 얘는 그릇 큰 것으로 하나 주세요. 안 그러면 상 다 닦아야 돼."

"맞아, 맨날 뭐 그렇게 다 흘리고 먹나, 껄껄."

할아버지들의 시끌벅적한 투덕거림 속에서 그들이 함께했을 넉넉한 시간이 느껴졌다.

최근에 한 친구와 마주 앉았을 때였다. 그와의 추억으로 가득했던 시절을 그리워하며 그때 이야기를 재잘대던 내게, 친구는 심드렁한 표정으로 이렇게 대꾸했다.

"너는 왜 아직도 혼자 그 시절에 머물러 있어."

멈칫 마음이 베였다. 너와 가장 가까웠던, 내가 사랑하는 시절이었다. 이렇게 너와 마주했을 때라도 곱씹지 않으면, 그래서 너와 나의 이야기가 아주 오래된 이야기처럼 잊히고 만다면, 내 곁에 하나도 남아 있지 않은 어린 시절 인연들처럼 너도 영영 멀어져 버리면, 다 늦어버린 뒤에 문득 보고 싶어진다면, 이 모든 가정에 답할 용기가 나는 없었다. 섭섭함에 취한 속을 시원하게 해장해준 것이 감자탕집 할아버지들의 모습이었다. 서로가 서로의 소소한 기억을 품고 여전히 함께하는 애틋함.

'언젠가의 네가 우리가 함께한 시절이 그리워질 때, 그때의 그 다정한 거리가 간절해질 때 둘 중 하나라도 너와 내가 '우리'가 된 역사를 기억하고 있어야 하지 않겠니. 고달픈 세상에 지친 마음 기댈 곳을 찾는 날, 다 큰 어른의 몸이 문득 서럽도록 낯설어지는 밤, 우리 이야기를 기억하고 있는 내가, 늘 옛날 그때의 마음으로 여기에 있을게. 너는 기억하지 못할지라도 네가 그 시절 내게, 돌아보면 당연한 듯 있어 주었던 것처럼.'

습습한 봄바람이 불어오는 카페 테라스에 앉아 그에게 편지를 썼다. 당장은 괘씸해 전해줄 생각이 없지만.

안도의
감탄사

"하나도 변하지 않았네."
어쩌면 그 말은 반가운 마음을 담은 감탄사였을 거야.

정말 아무것도 변하지 않았음이 아니라
같은 기억을 품은 우리가
또 무사히 마주했구나, 하는
안도의 감탄사.

꼭 다시
만나자

모든 인연은
각자의 궤도 속에서
만나고 헤어지고 또 만나게 되는
어떤 공전 같은 것.

당장을 너무 애쓰지 말고
거꾸로 걷지도 말고
다만 마주했을 때의 진심을 만끽하고
약속처럼 멀어졌다가
그리워지면 꼭 다시 만나.

당연한 안부란
없다

잔뜩 벌여놓은 일들에 지쳐 앓아누운 날이었다. 맥없이 누워 서양화 이야기가 담긴 책 한 권을 그림책 보듯 듬성듬성 읽고 있었다. 고흐의 그림 〈밤의 카페 테라스〉를 감상하고 페이지를 넘기려던 때, 그림에 대한 설명 글이 눈에 들어왔다. 책에서는 〈밤의 카페 테라스〉 작품에 치유의 힘이 있다고 했다. 적혀 있는 글 때문이었을까. 그림 속 비어 있는 자리에 앉아 쉬어 가는 상상을 하니 마음이 편안해졌다. 혹시 지쳐 있는 누군가가 있다면 나처럼 고흐의 그림을 한번 들여다보면 좋겠다 싶어 SNS에 책에서 본 내용을 공유했다.

그날 밤, 대학 시절 선배가 사진 한 장을 보내왔다. 〈밤의 카페 테라스〉 그림의 실제 장소를 찍은 사진이었다. 선배가 오래전에 여행하며 찍어두었던 사진인데, 내게 힘이 될까 싶어 찾아 보냈다고 했다.

당연한 안부란 없다. 손끝으로 밀어 올리면 그냥 지나칠 수도 있던 소식이었다. 이런 다정한 이가 아직 내 곁에 있다는 안도감은 마음을 어지럽히던 욕심들을 모두 하찮게 만들어버렸다. 남은 욕심은 단 하나, 나는 어떻게 그에게 좋은 사람이 될 것인가에 대한 답을 찾는 일이었다.

사실 어려운 문제는 아니었다. 오늘은 어떻게 보냈느냐는 일상적인 관심, 추운데 옷은 따뜻하게 입었는지에 대한 사소한 걱정, 보고 싶다는 말보다 "언제 볼까?" 묻는 진심. 이토록 별것 아닌 일인데 쉽게 해내지는 못한다. 세상엔 중요한 척하는 것들이 너무 많아 정말 중요한 것을 자꾸 잊게 만드니까.

밤이 내린 카페 테라스에 좋은 사람들과 빙 둘러앉고 싶다. 쓸데없어 더 소중한 이야기들을, 한 꺼풀 걷어낸 내밀한 속

사정들을 주춤거리지 않고 내어두고 싶다. 헤어질 땐 아쉽지 않다는 듯 헤어졌으면 좋겠다. 내일 또 만나는 것이 당연한 사람들처럼. 중요한 척하는 것들 사이에서 정말 중요한 것을 기억해낸 사람들처럼.

모든 일을 게을리하세.

사랑을 나누고

한잔 하는 일만 빼고.

- 고트홀트 에프라임 레싱

우리는 이렇게
어른이 되었지

20대 때는 조금 독한 술이 좋았어. 기쁘게 취하던 시절이었던 것 같아. 대화의 내용이란 중요하지 않았지. 내일은 더더욱 중요하지 않았고. 술을 마시는 순간에도 늘 현재 진행형이었거든, 온갖 중요한 것들이 말이야. 지금은 서먹해진 단어들, 예컨대 우정과 꿈, 사랑 같은 것들이.

그러고 보니 그때 우리의 꿈에는 집값이라던가 연봉이라던가, 그런 머리 아픈 것들은 없었던 것 같아. 좀 더 꿈다운 꿈을 꾸던 시절. 우린 자유 속에서 자유를 갈망하던 어쩌면 진정 부유한 이들이었는지도 몰라.

요즘에는 굳이 취하고 싶지 않아. 어쩌면 두려운 것인지도 모르겠어, 속을 내어 보이는 것. 가장 쉬웠던 일이 가장 어려워지고 순간을 사는 방법은 영영 잊어버린 듯해. 우리는 울 것 같은 표정을 숨기고 어른스럽게 잔을 맞대고, 마음 간 적 없는 이야기를 늘어놓지. 내 모든 것을 알게 되어도 떠나지 않으리라, 사람을 믿었던 어린 마음은 시계를 흘깃거리는 현실적인 눈빛 속에 뒷걸음질 쳐.

이제 모두 떠나야 한대. 그래야 하는 시간이래. 시끌벅적한 인사가 오가고 곧이어 무거운 대문이 쿵, 마지막 슬레이트를 치면 남겨지는 건 어설픈 고요. 나는 내일로 미뤄도 좋을 설거지를 굳이 시작하곤 해. 김이 모락모락 날 만큼 따듯한 물로. 빠르게 식어가는 온기에 익숙해질 시간을 벌어야 하거든. 참을 만해, 사랑하는 이들의 뒷모습은. 몇 번을 반복해도 익숙해지지 않는 건 점점 모르는 사람이 되어가는 서로를 못 본 척하는 일.

'우린 지금 무엇이 중요하게끔 된 걸까.'

。

P.S. 김동률의 <청춘>을 함께 들어보세요.

'우린 지금 무엇이 중요하게끔 된 걸까.

우린 결국 이렇게 어른이 되었고

푸르던 그때 그 시절 추억이 되었지.

뭐가 달라진 걸까.

우린 아직 뜨거운 가슴이 뛰고 다를 게 없는데

뭐가 이리 어려운 걸까.'

- 김동률 <청춘>

네가 나를 잃는 일은
없을 거야

"슬펐던 순간을 그려보세요."

어떤 강의였을까. 교수님께서는 슬펐던 순간을 그려보라
고 하셨다.

그해 봄 바다가 떠올랐다. 예쁜 바다 앞으로는 함께 걸었던
친구들이 등장했다. 가장 즐겁고 유쾌했던 기억이 '슬펐던
순간'의 호명 앞에 가장 먼저 고개를 들었다.

그 시절의 나는 친구들과 자주 함께였다. 우리는 서로를 아

껐고, 맑게 웃었다. 마주하는 데에는 이유가 없었고 시시콜콜한 이야기들로 새벽이 닳도록 잔을 나눴다. 알지 못했던 서로의 어제를 기웃거리고 오늘의 곁을 당연한 듯 지켰다. 쓸데없이 예뻤다. 그때부터 나는 틈틈이 슬퍼졌다. 세상에 영원한 것이 있다는 것을 믿어본 적이 없어서.

이별이 맛집이라도 되는 듯, 인연은 시작됨과 동시에 이별 뒤로 줄을 섰다. 언제 누구의 이름이 불릴지 모르는 이별의 타이밍에 눈치 보며, 어떤 각오로도 매번 낙관하지 못하며, 진심의 농도에, 애정의 무게에 종종 초라해하며, 시간의 흐름 속에 참 많은 이들이 아득하게 멀어졌다.

내 안에 남아 있는 이름을 세던 밤, 나란히 누워 있던 친구에게 이야기했다.

"어떻게 해야 하는지 모르겠어."

뱉은 문장을 따라 마음이 왈칵 차올랐다.

"나랑 놀자, 시간 내줘, 보고 싶어, 만나, 섭섭해, 가지 마, 너무 쉽던 문장들이 어려워졌어. 수많은 이름이 파도에 휩쓸린 듯 망망대해로 밀려가거든 그때마다 쓸린 듯 아린 마음이 아물지가 않아서. 냉정한 시간을 따라 반복되는 이별, 이를 당연하다 받아들이는 것이 답이라면, 내게 그 문제는 영영 오답으로 남을 것 같아. 어떻게 해야 하는지 모르겠어. 머물지도 떠나지도 붙잡지도 못하고 섰어. 무서운 도둑이든 집을 멀리서 화면으로 지켜보는 집주인이 된 기분이야."

그 밤, 내게는 이런 약속이 필요했는지도 모른다.

'네가 나를 잃는 일은 없을 거야. 너는 너라는 사람 이상의 무엇이지 않아도 되고 우리가 만나는 데는 날씨 정도의 핑계면 더 필요한 것이 없어. 겁먹지 않아도 괜찮아.'

모른 척 믿어버리고 싶은.

이별이
너무 많다

이별이 너무 많다.

'사람'이란 빛과 같아 두 손을 정성껏 모아도 고이지 않는
다. 제각기의 빛깔과 온기로 분명하게 머무르나 소유할 수
없다. 잘 안다. 머리로는 잘 알고 있다. 하지만 마음이 머리
를 곧잘 따른 적이 있던가. 영원일 듯 곁에 머물다 영영 사
라져버리는 인연들. 작별 인사 없는 헤어짐이 대부분이라
이별인 줄 모르고 기웃대던, 내 몫으로 남은 그리움이 너무
크다, 때로는 벅차도록.

어느 봄밤, 노트북 파일을 정리하는 중이었다. 오랫동안 열

린 적 없던 폴더를 클릭하니 낯익은 사진들이 화면 가득 떠올랐다. 이제 막 스물이 된 시절, 친구들과 함께한 사진들이었다. 유행하는 스타일을 어설프게 따라 했던 우리. 그때의 친구들에게 메신저로 사진을 보냈다. 촌스러운 서로를 경쟁하듯 비웃기도, 사진이 남지 않았다면 잊혔을 순간들을 추억하기도 하며 우리의 대화창은 금세 시끌벅적해졌다.

문득 몇몇 사진이 눈에 들어왔다. 그리운 얼굴들이 그곳에 있었다. 한때는 가까웠지만 이제는 닿을 수 없는 사람들. 자연스럽게 연락이 뜸해졌거나, 애정의 무게가 달랐거나, 그럴 만한 사건이 있었던.

지금 이 기억을 가지고 함께했던 그때로 돌아갈 수 있다면, 나는 이 인연들을 지켜낼까, 덧없는 의문이 들었을 때,

'손 한 번 꼭 잡아보고 싶다.'

어떤 답보다도 앞서 떠오른 바람이었다. 어떤 시절, 그 순간만큼은 분명히 정을 나눴던 사람들이었다. 그때의 온기가 그리웠던 걸까. 무엇도 바꾸려 애쓰지 않고, 그냥 말없

이 손 한 번 꼭 잡아보고 싶다. 뭐야, 징그럽게 왜 그래, 묻거든 딱 한 마디를 보태야지, 고맙다고. 우린 결국 바다에 닿은 강줄기처럼 아득히 멀어지고 만대, 혹은 서로에게 어떤 상처로 남는대, 지금은 상상할 수 없는. 이런 이야기는 굳게 다물고.

삶은 너무 바쁘고, 풀어야 할 과제들은 어린 시절 문제집보다도 많고, 지켜야 할 것이, 책임져야 하는 것들이 생겨났고, 물리적으로도 멀어져만 가고, 체력은 한계가 있고. 이렇게나 우스운 핑계가 많다, 이별에는. 이 핑계는 나의 것만이 아니어서 홀로 애쓴다고 달라지는 건 많지 않았다. 지금의 인연들은 어디까지 함께할 수 있을까. 온 마음을 다해야지 싶다. 언제 어떻게 멀어지더라도 추억하고 싶은 기억 몇쯤은 가슴에 진하게 남도록.

내일 친구들을 만나는 약속이 있다. 그들의 손을 꼭 한 번 잡아봐야겠다. 다시 볼 수 없게 되어버린 미래에서 주어진 단 한 번의 기회인 양, 애틋하게.

해 질 녘
포장마차에서

빨간 포장마차, 오래된 노래, 선택지가 별로 없는 메뉴, 거리에서 불어오는 미지근한 바람, 녹색과 흰색이 얼룩덜룩하게 섞인 플라스틱 그릇, 그곳에 내어지는 따끈따끈한 음식들. 그 위로 우리, 상실을 이야기해요.

우연히 잃어버리고 만 것들과
필연적으로 잃어버리고 말 것들에 대하여.

인연이란 건 어쩌면
불가항력의 사고 같은 것인지도 몰라요.

앨범 속 기억나지 않는 나의 어린 시절처럼
예고 없이 찾아와 이름을 불러주던 친구의 목소리처럼.

주어진 딱 그만큼의 이별이 기다리고 있는 것,
선물처럼 주어지나 결국은 모두를 철들게 하는 것,
그것이 바로 인연이라고요.

마주한 상실 앞에
우리는 급한 대로 서로의 마음을 빌려다 쓰지만
달래진 적이 없었고 달래질 수도 없다는 것을
이미 알고 있어요.

무력한 어른이 되어버린 우리를 구원하려
세상에 남겨진 것들이 있다던데

아직 존재하는 삶의 방향으로 소매를 잡아끄는
어린아이의 천진한 몸짓이라든가
오로지 오늘만을 살아가는
작은 강아지의 낙관적인 눈동자가 그렇대요.

무엇도 치유될 수는 없으나
그만큼 숨어 울기 좋은 곳도 없으니까요.

그렇게 또 살아가는 거죠.
모른 척 잊은 척.
나는 누군가의 상실이 되지 않을 것처럼.

이른 저녁 술값을 내고 나오는데, 주인아저씨가 행복한 하루가 되라고 말해주네요. 아저씨 덕분에 하루가 기우는 시각에 새로운 하루를 덤으로 받아 나왔어요. 내 앞에서는 해가 지고 있었는데 빙글 돌아서니 해가 뜨는 것도 같아요.

이런 거겠죠. 산다는 것은.

그렇게 또 살아가는 거죠.
모른 척 잊은 척.
나는 누군가의 상실이
되지 않을 것처럼.

'당연'이
'당연'으로 남는 곳

금요일 퇴근 시간대의 강남역이었다. 사람으로 붐비는 거리, 먼발치에서 꼬마 아이가 씩씩하게 엄마를 앞서 걷고 있었다. 빠른 걸음에 순간 스텝이 꼬인 걸까, 아이는 그만 철푸덕, 넘어지고 말았다.

아이 주변을 걷던 사람들은 멈칫 속도를 줄였다. 지나치던 여인은 아이가 넘어지는 찰나 허공으로 손을 뻗었고, 아이 앞으로 마주 오던 남자 둘은 성큼 다가가 넘어진 아이를 번쩍 일으켜주었다. 이내 아이 엄마가 행인들과 짧은 인사를 나누었고, 아이는 무슨 일이 있었냐는 듯 헤실헤실 웃었다.

누구도 아이가 넘어지는 것을 막지 못했다. 하지만 모두의
행동은 아이의 웃음을 지키기에는 넘치도록 충분했다.

모든 사람이 무사하기를, 행복하기를 바라는 것은 '이상'일
지도 모른다. 하지만 위태로운 이에게 손을 뻗고 넘어진 이
를 일으켜주는 것만큼은 언제까지나 '당연'으로 남는 세상
이었으면 좋겠다.

서로의 삶에
증인이 되어준다는 것

"오늘은 어떤 사연이 도착했는지, 함께 들어볼까요?"
"네, ○○○님이 보내주신 사연입니다. '안녕하세요, 수원에 사는….'"

청명한 가을 아침 출근길이었다. 라디오 음성이 들려온 곳은 동네 과일 가게의 야외 매대. 과일 가게 아저씨가 분주히 과일을 진열하고 계신 곳이었다. 아침 출근길이라 몇 마디 얻어듣는 것이 전부였지만, 라디오 너머의 밝고 유쾌한 음성은 하루를 시작하기에 충분한 응원이었다.

청명하게 들려오는 목소리를 뒤로하고 걷는데, 지난 금요일 밤이 떠올랐다. 어둠이 내려앉은 시각, 도시의 야경을 바라보고 있을 때였다. 무수히 많은 빛이 어둠을 배경으로 아름답게 반짝였다. 고요한 흥분이 일었다. 다시는 똑같이 재현되지 않을 아름다운 순간, 눈을 감아도 보일 듯 기억하고 싶은 장면이었다.

돌연 눈이 마주친 불빛 하나가 사라졌다. 건물 창가에서 새어 나오던 빛이었다.

'저곳에 삶이 있었구나.'

새삼 감탄했다. 내가 누군가의 삶에 증인이 된 순간이었다. 얼굴 한 번 본 적 없는 삶의 동기들, 빛 하나하나가 그들의 작품이었다. 다시 바라본 야경은 전보다 시끌벅적해진 기분이었다. 보이지 않는 각양각색의 이야기들이 수다스럽게 전해질 것만 같았다.

영화 〈세상에서 고양이가 사라진다면〉에서 주인공은 이렇게 독백한다.

내가 있던 세상과 내가 사라진 세상은 분명 다르리라 믿고 싶어요. 정말 작은 차이일지도 모르지만 그것이야말로 내가 살아온 증거니까요. 몸부림치고 고민하며 살아온 증거.

동시대를 살아간다는 것은, 서로의 삶에 증인이 되어주는 일인지도 모른다. 우리가 있던 세상과 우리가 사라진 세상이 분명 다를 수 있도록, 그 작은 차이를 알아차려 서로를 기억해주는 것.

끝까지 듣지 못한 라디오 사연이 궁금해졌다. 또 어떤 삶이 그 너머에 있었을까. 내일 출근길에는 과일을 한 봉지 사야겠다. 과일을 고르며 한 꼭지의 사연을 몽땅 들을 것이다. 다른 이의 삶에 마음을 한껏 기웃대면서.

과일 가게 아저씨의 이른 출근, 라디오 너머 마주한 목소리, 밤늦게까지 깨어 있는 빛, 잊지 못할 우연 때로는 인연, 밑줄 그어진 문장, 마음이 정박하던 노래와 그림, 사진 속 정지 버튼이 눌린 세상, 무심코 주고받은 다정. 오늘도 나는 당신을 백지에 담는다. 우리가 여기에 이렇게 존재하고 있다고, 함께 몸부림치고 고민하며 눈부시게 살아가고 있다고. 수백, 수천 번 당신으로 인해 달라진 세상을 알려주려고.

같은 시대에 태어나 함께 살아가 주는 당신이, 나는 늘 고맙다.

동시대를 살아간다는 것은,
　　서로의 삶에 증인이 되어주는
일인지도 모른다.

　우리가 있던 세상과
　　　우리가 사라진 세상이
　분명 다를 수 있도록
　　　그 작은 차이를 알아차려
　　　　　　서로를 기억해주는 것.

쉽게
잊히지 않도록

천장과 맞닿는 높은 책장이 한 벽면을 장식한 카페였다. 고개를 들어 올려다보니 다양한 책들이 가장 높은 선반까지 가득 꽂혀 있었다.

'손 닿지 않는 곳의 책들은 쓸쓸하겠다.'

어쩐지 허해진 마음을 달래며 카페 창밖으로 시선을 옮겼다. 지하철역 앞을 지나가는 많은 사람들이 보였다.

까무잡잡한 피부, 주름진 뒷모습, 흰머리가 군데군데 내려

앉은 남자가 있었다. 젊은 청년이 그에게 다가갔다. 아버지와 아들인 듯싶었다. 표정 없이 무뚝뚝하게 말을 건넨 청년의 뒤를 남자는 뒤따라 걸었다. 어느덧 나란히 걷게 된 두 사람, 아버지의 검고 주름진 손은 아들의 손을 끌어다 잡는다. 순간 아버지 얼굴 한 번 힐끗 보고는 빠르게 시선을 거두는 아들, 모른 척 앞만 보고 걷는 아버지. 맞잡은 손 사이 고여 있는 시큰한 사랑.

빠르게 걷는 여자가 있다. 그녀의 손에는 노끈으로 꽁꽁 묶인 두 판의 피자가 들려 있다. 아마도 그녀를 기다리고 있을 누군가를 생각하며 기쁜 마음이겠다.

역 앞에 서 있는 교복 입은 여학생. 핸드폰 한 번, 역 입구를 한 번 번갈아 바라보는 시선에 애정이 느껴진다.

눈 닿는 곳마다 '이야기'가 있었다. 사람들은 한 권의 책 같았다. 바라본 딱 그만큼 페이지를 열어 보여주는 책. 쉬이 닿지 못하는 곳에도 부지런히 시선을 두어야겠다. 누군가의 마음을 너무 오래 기다리는 이가 없도록, 어떤 이야기도 너무 쉽게 잊히진 않도록.

함께
살아가고 싶어서

진짜와 가짜를 구분하기 어려운 세상에서
살아가는 우리에게는
진실을 바라볼 수 있는 혜안보다
어쩌면
쉽게 속는 마음이 더 축복일지도 모른다.

그럼에도 불구하고
괴로움을 감수하면서까지
진실에 다가가고자 발버둥 치는 것은

내가 속한 세상을, 동시대의 사람들을
사랑하려는 노력에서 비롯된 것은 아닐까.

다시 믿어보고 싶어서.
함께 살아가고 싶어서.
그렇게 오늘도 우리는.

3장

그래도
썩 _____

괜찮은
하루

다정의
발견

"잘 자."
미처 읽지 못하고 잠들었던,
아마도 나의 밤을 지켜주었을 다정한 메시지.

"오늘 춥다, 옷 꽁꽁 잘 챙겨 입어."
요란스럽던 아침 연락들.

차가운 바람 사이사이로
귓등에 닿던 따스한 가을 햇볕.

오늘, 가을 아침, 건네온 마음
당연한 것도 영원한 것도 없으니

하루하루를
더 애틋하고
간절하게.

호그와트행
급행 택시

"기사님, 터미널까지 20분 안에 갈 수 있을까요?"

마음을 동동 구르며 택시를 잡아탔다. 대전에서 서울로 올라가는 버스를 예매해두었는데, 일이 늦어져 버스 출발 시간이 겨우 20분 남짓 남아 있었다. 이미 늦은 저녁 시간, 다음 차를 타려면 두 시간을 더 허비해야 하는 참이었다.

"20분이요? 빠듯하긴 한데⋯, 최대한 신경 써서 가보겠습니다."

기사님의 차분한 음성에 마음이 진정되었다. 그제야 형형색색 화려한 택시의 내부가 눈에 들어왔다. 택시의 천장에는 꽃이 장식되어 있었고, 노래방에서나 볼 법한 미러볼 조명이 빙글빙글 돌아가고 있었다. 그보다도 눈길을 끌었던 것은 택시의 구석구석에 붙어 있는 수많은 포스트잇이었다. 학교 앞 분식집 벽에서 자주 보았던 광경, 각각의 포스트잇에는 탑승객들이 직접 적은 듯한 짧은 메시지가 쓰여 있었다.

- 택시 타자마자 이렇게 기분이 좋아질 수 있나 신기하네요! 기분이 전달되는지 배 속 아가도 꿈틀대요! 덕분에 남은 하루 기분 좋게 보내겠어요. 감사합니다.

- 이 택시를 두 번 타게 된다면 네잎클로버를 찾은 기분일 거예요. 기사님, 파이팅!

- 지금은 하늘에 계신 아빠가 택시 하셨었는데, 아빠 생각이 나네요. 많은 택시 중에 따뜻한 택시를 타게 되어 영광입니다. 기사님 항상 건강하세요!

- 아주 잠시지만 바쁜 사회에서 쉬는 기분이 들면서 가네요!

- 요즘 일도 너무 안 풀리고 여러모로 우울했는데 지금 약간 호그와트 급행열차 탄 기분이에요…!! 꼭 또 타고 싶어요.

누군가가 남겨두었을 마음들을 눈으로 쓸어내리다 보니 마음에 온기가 돌았다. 나 역시 메모지에 잔뜩 적힌 대사를 내뱉고 말았다. 진부하더라도 절대 삼켜질 수 없는 감탄이었다.

"와…, 기사님! 정말 멋진 공간이에요."

이런 이야기를 분명 수십, 수백 번 들으셨을 텐데, 기사님은 영 쑥스럽다는 듯 웃으셨다.

"그나저나 시간이 빠듯해서 걱정이네요."

기사님께서 말씀하셨고,

"늦으면 어쩔 수 없죠, 뭐."

나는 웃으며 답했다. 진심이었다. 괜찮지 않은 것들을 괜찮게 만드는, 마법 같은 위력이 있는 공간이었다. 그 작은 택시가.

"이 앞에 길목만 돌면 도착합니다. 다행히 내려서 바로 뛰면 늦지 않을 수 있겠어요."

얼마 뒤 기사님께서는 곧 도착한다며 버스터미널의 방향을 설명해주셨다. 버스를 놓치지 않으리라는 안도는커녕 이제 곧 내려야 한다는 상황이 아쉬웠다. 이윽고 터미널에 도착해 카드 결제를 기다리는 동안 나는 수많은 마음이 피어난 기원지를 발견했다. 문을 여는 손잡이 옆, 아마도 기사님께서 직접 또박또박 적어 넣으셨을 문장.

이 차량을 타신 모든 분들, 소원 모두 이루시고 항상 행복하세요.
*^^*

사람의 마음을 동하게 하는 마법의 주문은 대부분 이렇게 어이없이 평범하다. 나는 못 한다고, 그가 특별했던 거라며 핑계 댈 수조차 없게.

살아 있길
잘했다

제주도는 출장으로만 두 번째 방문이었다. 늦은 밤까지 꽉 차 있는 스케줄, 아쉬웠다. 업무 때문에 건물 안에만 갇혀 있으니 제주도라는 것이 실감 나지 않던 터였다.

일정 중 바닷가 근처에 들를 일이 생겼다. 놓칠 수 없는 기회였다. 잠깐 틈을 타 바다가 있다는 쪽으로 달려갔다. "여기까지는 당신의 일터, 여기 너머로는 제주도의 바다입니다"라고 말하는 듯, 보도블록을 따라 길게 늘어선 나무 울타리가 해변가 앞을 가로막고 있었다. 가슴 높이쯤 오는 울타리에 팔꿈치를 기대어 섰다. 제주도의 바다는 환영 인사를 대신해 머리칼을 잔뜩 헝크는 바람을 건넸고, 나는 엉망이 된 머리를 긍정하는 것으로 반가움을 표했다. 바람은 울타리에도 아랑곳하지 않고 한참을 자유롭게 이쪽과 저쪽을 노닐었다.

멀리서부터 들려오던 시끌벅적한 소리가 점점 가까워져 왔다. 소란스러운 곳으로 시선을 돌렸다. 그곳에는 분홍색 반팔 티셔츠를 맞춰 입은 여섯 명의 어르신들이 해변을 걷고 계셨다. 백발의 할아버지 한 분이 바다 쪽으로 성큼성큼 다가가다가 밀려드는 파도에 소년처럼 참방참방 달아났다. 그 모습을 바라보는 할머니들은 깔깔 웃으며 손뼉을 쳤다. 한 할머니는 아마도 조심하라는 말 대신 이렇게 외쳤다.

"오늘은 갈 때가 아니야. 이렇게 좋은데 더 살아야지~!"

여름 바다와 참 잘 어울리던 유쾌한 외침. 맞다. '살아야 하는 이유'란 거창한 것이 아닐지도 모른다. 바다 곁을 거닐수 있는 오후의 여유, 함께하는 이들의 웃음소리, 마침 맑게 갠 하늘 정도면 살아 있길 잘했다, 싶어지고야 말 테니까.

5분도 채 되지 않았을 그 장면이 내 제주도의 전부였다. 부족함 없이 아름다운, 살아 있길 참 잘했다 싶은.

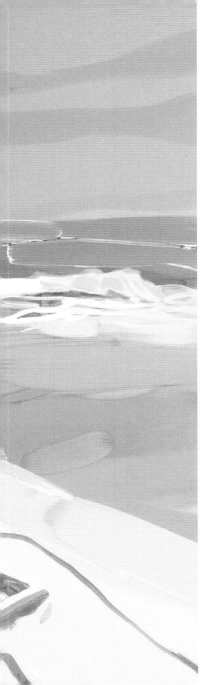

맞다.
'살아야 하는 이유'란
거창한 것이 아닐지도 모른다.

바다 곁을 거닐 수 있는 오후의 여유,
함께하는 이들의 웃음소리,
마침 맑게 갠 하늘 정도면
살아 있길 잘했다,
싶어지고야 말 테니까.

오늘의
운세

오늘 운세를 봐드릴게요.

음, 좋은걸요?
당신의 행복은 시간을 따라 점점 짙어지겠습니다.

믿어보세요.
우리는 무심코 우리의 믿음을 지키고 싶어 해요.
슬며시 품어본 문장은
당신을 번쩍 일으킬 힘이 될 겁니다.

나는 매일 당신의 운세에
'좋음'을 적어두겠습니다.
당신께서는 못 이긴 척
매일매일 이 운세를 믿어보세요.

운세를 핑계로
행복해지세요, 마음껏.

일상을 여행으로
만드는 방법

새벽 5시 30분, 강남역. 요즘 일이 바빠 영 글을 쓰지 못했다. 출근 전에 작업할 시간을 만들고 싶어 평소보다 서둘러 도착한 날이었다. 낯설도록 한산한 거리, 하지만 열기의 존재감은 뚜렷한 도시의 새벽. 겨울철 유난히 짙은 어둠 사이로 빼곡한 건물들에서는 저마다 연약한 빛이 새어 나왔다. 그곳엔 이미 제각기 분주한 사람들이 있었다.

영업을 시작한 카페는 없어, 회사 근처 24시간 패스트푸드점으로 들어갔다. 매장 안에는 묘한 여유가 감돌고 있었다. 허겁지겁 식사를 하거나, 핸드폰 화면을 쉼 없이 밀어 올리거나, 삼삼오오 몰려온 동료들과 시끌벅적한 점심시간의 그곳과는 확연히 달랐다. 대부분 혼자의 시간을 보내고 있었다. 사람들은 낯선 시간 속 삶을 관찰하듯 의자 뒤로 등을 기대고 고개를 들었다. 느릿한 시선, 자주 멍하고 때론 창밖으로 눈을 돌렸다가 종종 서로가 서로를 곁눈질했다.

딸랑, 소리와 함께 중년의 아저씨가 매장 안으로 들어왔다. 위아래로 두꺼운 옷이 스키장을 연상케 했다. 오늘 아침 기온은 영하 9도를 가리키고 있었기에 내심 부러운 마음도 들었다. 이렇게 추운 아침에는 자고로 뜨끈한 국물에 쌀밥이 최고지, 할 것 같은 분인데 왜 여기에? 하던 내 편견은 보기 좋게 빗나갔다. 그가 주문한 것은 햄버거도 감자튀김도 아니었다. 마치 이 시간만을 기다렸다는 듯 망설임 없는 주문.

"소프트아이스크림 콘으로 하나요."

낯선 시간 속의 일상은 여행 같다. 예상치 못한 장면은 오늘을 기억하게 해줄 기념품 같고. 우리는 매일 새로운 곳으로 떠날 수는 없지만, 여행 같은 일상을 스스로에게 선물해

줄 수는 있다. 홀로 쓰는 나의 새벽처럼, 추운 겨울 아침도 막지 못한 아저씨의 아이스크림처럼.

아침 7시 30분이 넘어가니 드나드는 손님이 꽤 늘었다. 문이 여닫히는 빈도도 잦아져 매장 안으로 추운 공기가 꽤 스미고 말았다. 사무실로 가는 것이 낫겠다, 싶어 자리를 정리했다. 펼쳐두었던 노트를 접고, 늘어놓은 책과 잔뜩 낙서한 종이들을 야무지게 거두어 일어나는데, 나를 바라보는 감상적인 시선이 느껴졌다.

'저렇게 아침부터 씩씩한 사람이 있는데, 나도 오늘을 힘차게 시작해야지'라는 누군가의 상념 속 '저렇게 씩씩한 사람'이고 싶어서 한껏 가뿐한 척 걸어 나왔다. 그렇게 여행의 주인공이었다가 누군가의 풍경이 되어주기도 한 야무진 새벽이 있었다.

숨은
낭만 찾기

해야 하는 일이 있었고, 쓸모 있는 일을 할 수도 있었던 날
이었다. 하지만 무용하게 보내겠다고 작정한 날이기도 했
다. 작은 노트와 펜 하나만 달랑 챙겨 카페에 갔다. 여유롭
게 낭비하는 하루에는 낭만이 스몄다. 기회비용 때문인지,
비싼 값을 치르고 떠나온 여행에서처럼 온몸의 감각들이
분주해졌다.

막 닦은 듯 티 없이 맑은 카페의 유리창, 이를 보란 듯 통과
해 손등에 닿는 다정한 겨울 햇볕, 공간을 부드럽게 품은
커피 향, 메마른 풍경을 바라보는 노인의 촉촉한 시선, 창

밖을 총총 지나가는 고양이의 새초롬한 표정, 나란히 앉아 몇 번이고 서로를 향해 기울어지던 연인의 뒷모습, 초콜릿이 듬뿍 묻은 크루아상을 잘라내던 한 남자의 투박하지만 정성스러운 손길, 사람들 사이로 흐르는 뜻 모를 가사의 팝송, 주방의 그릇들이 춤추듯 달그락거리는 소리…. 더운물을 받아둔 욕조에 몸을 누인 것처럼 기분 좋은 무력감이 밀려들었다. 온몸을 담가도 좋을 넉넉한 낭만이었다.

"여러분의 일상 속 낭만은 어떤 모습이었나요?"

푹신한 의자에 기대어 앉은 채로 SNS에 질문을 하나 올려두었다. 집으로 돌아갈 때쯤 다시 SNS 창을 열어보니 답변이 가득 도착해 있었다.

- 차가 다니지 않는 횡단보도 신호를 기다리는 사람의 모습 @geul_sseumida
- 추억의 명곡 감상 @monsieurq7
- 여름날 소나기, 테라스에서 즐기는 와인 한 잔 @dearbom_
- 따뜻한 햇살 아래 깔깔대며 웃는 아이들 소리 @gayeon_sica_go
- 어느 한 카페에서 책 읽으며 노래 듣는 사람 @lucidly_0419

- 일 끝나고 집에 가는 길, 별들이 찬란하게 빛나던 밤하늘
  @w_nw66
- 오래된 연필깎이 @sujeong_0605
- 아무런 말 없이도 평화로운 밤공기 @top_dawg0420
- 도서관 가장 깊숙한 곳에서 여러 세월을 거치다 사람 손이 타
  지 않아 뽀얀 먼지가 앉아 있던 색 바랜 책 @d2r_6elight
- 아기들의 공손함을 보았을 때, 순수하면서도 낯선 @u.jin.jeong
- 모두가 퇴근한 마트 옥상 주차장에서 바라보는 보름달
  @jweont
- 두 손 꼭 잡고 걸어가는 노부부 @soohyun22_
- 가족들과 함께 잔잔한 바람을 쐬며 바라보는 야경이나 바다
  @today._.young
- 육퇴하고 먹는 맥주 @ray_n_me
- 흰 눈이 쌓인 길 위를 밝게 비춰주는 보름달 @9._.17oo

누구에게나 공평히 머물렀을, 하지만 부지런히 감각한 이
에게만 선물처럼 멈춰 섰을 순간들.

오늘 당신의 낭만은 무엇이었을까.

누구에게나 공평히 머물렀을.
　하지만 부지런히 감각한 이에게만
선물처럼 멈춰 섰을 순간들.

　　오늘 당신의 낭만은 무엇이었을까.

낯선 시선으로
바라보기♦

누구에게나 삶을 기대는 작품이 하나쯤은 있겠지. 그것은 음악이거나 글과 그림, 영화일 수도 있겠다.

최근 내 인생 영화로 등극한 작품이 있다. 무려 1998년 개봉작인 〈조 블랙의 사랑Meet Joe Black〉. 사실 한글 제목이 유치한 멜로 영화를 떠올리게 해 지나칠 뻔했었다. 재생해놓고도 시간을 버릴까, 초반에는 1.5배속으로 건성건성 들여다보던 작품. 삶에 남은 짙은 여운은 의도한 적 없는 우연

♦　영화 〈조 블랙의 사랑〉에 대한 약간의 스포일러가 담겨 있습니다.

에서 기원하는 경우가 많았는데, 이 영화가 그랬다.

영화 속 주인공 빌은 예순다섯의 성공한 사업가다. 생일을 앞둔 그의 앞에 갑작스레 나타난 존재는 자신을 죽음의 사자라 소개했다. 죽음의 사자는 빌에게 그의 삶이 얼마 남지 않았음을 예고하며, 죽음을 미루는 조건으로 인간들이 살아가는 세상을 안내해달라고 요구한다. 거래는 성사되었다. 빌은 죽음의 사자가 인간 세상에서 지낼 수 있도록 조 블랙이라는 이름을 붙여준다. 그렇게 조는 빌의 곁에서 사람과 사랑, 삶을 경험한다. 죽음의 세계에서는 존재하지 않는 것들을.

긴 여정 끝에 빌의 마지막 생일 파티가 열렸다. 파티장 한편에 홀로 선 조에게 친절한 서버가 다가가 물었다.

Can I get you anything, sir? (필요한 것이 있으신가요?)

조는 그에게 피넛버터를 부탁했다. 인간 세상에서 만나 반해버린 피넛버터, 떠나기 전 한 번 더 맛보고 싶었으리라. 하지만 그곳에 피넛버터는 없었다. 무려 세 시간의 긴 러닝

타임 내내 흔하고 흔했던 피넛버터가.

때로는 당신이 이방인의 눈빛을 흉내 낸다면 좋겠다. 낯선 시선으로 세상을 둘러보자. 인간들이 살아가는 세상을 호기심 어린 눈으로 바라보던 죽음의 사자, 조 블랙처럼 말이다. 반해버린 맛, 마음을 빼앗긴 빛의 색깔, 떠올리면 울고 싶어질 만큼 좋아하는 무엇, 간지러운 설렘 그 들뜸, 절대 양보하고 싶지 않은 것, 사실 대단한 것이 아닐지도 모른다, 우리의 삶에 미련을 느끼게 하는 것들은. 늘 닿는 곳에 있어서 아쉬워질 줄 몰랐던 마지막 순간의 피넛버터처럼 말이다. 당신에게는 무엇일까.

파티장을 떠나던 빌과 조, 그들은 이런 대화를 나눈다.

Bill: It's hard to let go, isn't it? (떠나보내는 게 쉽지 않군. 안 그런가?)

Joe: Yes, it is. Bill. (그래요, 쉽지 않네요.)

Bill: Well, that's life. (그게 인생이지.)

아름다운 불꽃이 피고 지는 밤하늘, 그 아래 당신이 섰다.

그렇다, 당신은 이제 삶의 마지막이 될지도 모를 파티장에 들어선다. 필요한 것이 있는지 다가와 묻는 친절한 서버. 그에게 당신은 무엇을 주문하겠는가.

당신은
이 세상에서
무엇을 발견했는가.

When you can wake up one morning and say, 'I don't want anything more'. (어느 날 아침 눈을 떠, 이렇게 말할 수 있길 바랍니다. '더는 바랄 게 없다'고요.)

- 영화 〈조 블랙의 사랑〉 중

일만큼
중요한 일

일적인 성취를 중요하게 여기는 만큼
삶에서의 성취를 포기하지 않기를

예컨대 사랑하는 이와의 식사
혼자 사색하는 밤
스스로의 음악 취향을 알아가는 일과 같은.

요즘 설레는 게
없다고?

"요즘 설레는 게 없어, 내가 어른이 된 걸까."

네가 물었고,

"너 서른네 살이야."

나는 장난스럽게 답했지.

사실 알아, 잘 알고 있어. 그리운 기분, 되찾고 싶은 마음이
있다는 거잖아, 너.

만화 속 주인공들을 부러워한 적이 있어. 꿈과 사랑을 성취하거나 보물 같은 동료를 얻기 위해 나아가는 그들의 하루하루. 평면 속에서도 생동감이 넘치더라고. 무엇이 그들을 살아 있는 듯 느끼게 하는 것일까, 가만히 들여다본 적이 있어. 답은 '꿈'도 '사랑'도 '동료'도 아니었어. 그 단어 사이사이의 삶이더라. 성취의 여정에서 겪는 온갖 애씀과 누군가의 신뢰를 얻기까지 주고받았던 상처, 상처가 아물어가는 시간들. 우리가 가능하다면 피해 가고 포기한 것들이 잔뜩이더라고. 구태여 낯선 길을 선택하지 않는 걸음, 위기와 절정을 겪지 않는 잔잔한 나날들, 사람에게 데고 싶지 않아 인연이 되기를 미리 포기하거나 선을 그어두었던 마음. 우리는 지쳐 있는 거지, 혹은 귀찮아졌거나.

학창 시절, 누군가를 좋아하던 마음을 기억해? 초라해지더라도 좋았지. 상대의 한 마디에 설렘과 좌절을 번갈아 맛보며 잠 못 들던 밤들. 자전거를 혼자서도 탈 수 있게 되었을 때는 어땠어? 넘어지겠다는 걱정보다 머리칼을 쓸어 넘기는 바람, 경쾌한 속도감에 짜릿한 기분이 들었지. 겨울에는 눈썰매가 뭐가 그리 재밌었나 몰라. 썰매를 타고 내려오는 잠깐을 위해 높은 언덕을 한참 올라가야 했잖아. 그런데도 기어코 한 번 더 타겠다고 떼를 쓰던 시절. 옷과 신발이 젖어 드는 건 신경 쓰지도 않았지.

우리는 어른이 되었어. 눈 내리는 날이면 자동 응답기처럼 반복하는 말이 이를 증명해.

"차 밀리겠다. 축축한 건 질색인데."

당연한 듯 우산을 챙기며 씁쓸히 덧붙이곤 하지.

"눈 내리는 날이 설레던 때도 있었지."

사실 나도 내가 변한 줄 알았어. 순수하게 기뻐하는 마음을 잃어버렸다고 생각했거든. 어른이 되었다는 것이 변명인 줄 몰랐거든. 다시 설렐 수 있을까, 이 시기의 즐거움은 무엇일까, 초라하게 고민했거든.

올해 겨울, 눈이 소복이 쌓인 날이었어. 무슨 생각에서였을까. 차갑겠다 싶었지만 무심코 눈을 한 움큼 뭉쳐 들었고, 함께 걷던 친구에게 슬쩍 던져보았어. 소심한 눈 뭉치는 그의 발끝에 힘없이 톡 떨어지는 것이 다였지. 하지만 그게 시작이었어. 마주친 얼굴에는 장난기가 번졌고, 더 이상 거기에 '두 어른'은 없었지. 우린 아이처럼 소리를 지르며 서로에게 눈을 던졌어. 볼이 발갛게 달아오르도록 뛰어다녔지. 단 1분 전만 해도 미끄러질라 조심조심 걷던 우리였는데.

생기로운 삶은 멀리 있지 않아. 대단한 도전을 권하고 싶은 것이 아니야. 여전히 누릴 수 있는 감정들을 마땅히 누리자는 것이지. 밖으로 나가자. 귀찮겠다, 힘들겠다, 피곤하겠다는 생각들을 한 뼘만 밀어두면 돼. 네 앞의 흰 눈을 한 움큼 뭉쳐 던지는 거야. 변하지 않은 마음이 네 안에 있어. 여전히 설렐 수 있고 눈부시게 웃을 수 있는. 어른이라는 단어에 기꺼이 갇히지 말고 우리, 밖으로 나가자.

아 좀, 일어나 보라니까.

어차피
행복할 수 있다면

어차피 올 거라면 명품 백을 던지면서 울고 싶어.

SNS에 떠돌던 작자 미상의 문장이었다.

댓글에는 자전거에 앉아서가 아니라, 외제 차에 앉아서 울고 싶다는 등 비슷비슷한 문장들이 이어졌다. 섞이고 재배열되는 단어와 문장들을 읽어 내려가다, "어차피 행복할 수 있다면"을 가정한다면 어떨까, 싶었다.

"어차피 행복할 수 있다면, 가방 없이 빈 어깨라도 상관없어."

우리는 종종 수단 앞에 목적을 잊는다. 삶에게 이기는 방법이란 화려한 수단들에 빼앗긴 시선을 냉큼 '목적'으로 가져오는 것일지도 모른다. 그리하여 나의 어제와 오늘, 그리고 내일을 행복했고 행복하며 행복할 수 있는 날들로 쉽게 만들어가는 것.

그럼에도 불구하고 (마음 편히, 거칠게) 명품 백을 던지는 삶도 살아보고 싶다.

단무지
vs 군만두

중국집에 여러 가지 메뉴들을 잔뜩 주문할 때면 내심 기대하게 되는 것, '서비스로 온 군만두'다. 딱히 먹고 싶었던 것도, 음식이 부족한 것도 아닌데 괜히 반갑다. 하얀 스티로폼 용기의 고무줄을 벗겨내고 바삭하게 잘 구워진 형체를 마주하면, 군만두 같은 사람이 되어야지, 싶다. 당연하기보다 선물 같은 사람, 모두가 반기는 마음으로 기다리게 되는 사람이.

'단무지 같은 사람은 어때서?' 단무지를 뜯던 중 의식의 흐름대로 떠오른 물음. 생각해보니 단무지도 꽤나 대단한 존재다. 당연하게 찾아와주는, 상대가 짜장면이든 짬뽕이든 참 잘 어울리는, 있을 때는 몰라도 없으면 간절해지는.

박빙이다. 그렇다면 지금의 나는 어떤 사람에 가까울까? 아무리 생각해봐도 단무지나 군만두를 따라잡기엔 멀었다. 감히 단무지냐, 군만두냐를 논했다니, 더 겸손해져야 할 일이다.

누가
더 멋있어?

미국인 꼬마 아이와 장난을 치며 놀다가, 주변에 있던 내 친구 두 명을 가리키며 물었다.

"누가 더 멋있어?"

둘 다, 라거나 모르겠다, 라거나 혹은 짓궂게 한 사람을 가리키지 않을까 했는데 장난기를 쏙 뺀 채 사뭇 진지한 얼굴로 그녀가 대답했다.

"Different handsome."

아, 또 하나 배웠다.

봄에게

푸릇푸릇한 사람들이 꽃보다 더 밝게 웃는다. 따스한 햇볕이 모두의 어깨에 공평히 내려앉고 우아한 바람이 다정을 귀띔하는 계절, 봄이다.

"정말 봄이네."

봄을 발견하는 마음에는 반가움이 깃든다. 옛 친구에게서 편지 한 통을 받는다면, 이런 기분일까.

한낮의 일요일, 집 안 깊숙이 자신의 존재를 알리던 봄기운에 산책을 나섰다. 한적한 공원, 손 닿는 곳에는 노란 개나리꽃이 소란스레 피어 있었고, 누군가가 벗어두고 간 흰 운동화처럼 발밑에는 큼직한 목련 꽃잎이 흩어져 있었다. 공원 수돗가 옆을 지나려는데 한 아이를 만났다. 벚꽃이 팝콘처럼 만개한 나무 아래였다. 일행도 없이 홀로 선 아이는 종이 상자를 들고 있었다. 뒤로 두 걸음, 다시 앞으로 한 걸음, 아이는 벚나무 가지가 드리운 하늘에 고개를 치켜들고는 바람 따라 춤추듯 발을 옮겼다. 아이가 상자 안에 사뿐히 받아내고 있는 것은 낙하하는 벚꽃 꽃잎이었다.

"힘들지 않아요? 여기 떨어져 있는 꽃들도 많은데."

아이에게 물었다.

"제일 예쁘잖아요. 엄마 줄 거여서요."

"아, 엄마한테?"

"네, 벌써 이만큼 모았어요!"

땅에 닿기 전의 꽃잎, 가장 예쁜 봄의 조각들을 선물하기 위해 나무의 허락을 기다리고 선 아이. 문득 엄마한테 주는 선물이라며 둥근 돌멩이를 주워 왔다던 지인의 아이가 생각났다. 아이들에게는 자연의 모든 것이 소중하고 아름다운 모양이다, 사랑하는 사람에게 꼭 보여주고 싶을 만큼. 길가에 핀 민들레꽃, 바닷가의 조개껍데기, 나무에 맺힌 이름 모를 빨간 열매, 가을 낙엽, 모두 아이들의 흔한 선물 목록이더라니까.

문득 내게 깃들었던 반가움의 기원을 알 것 같았다. 오랜 친구, '자연'이 보낸 안부 편지, 그것이 '봄'이었던 건 아닐까.

"오랜만이야. 나 많이 컸지. 네 모든 것이 궁금하던, 손부터 뻗어 만지작거리던 날들이 어제 같은데. 나도 내가 이렇게 어른이 될 줄 몰랐어. 기억하고 있어, 손등을 간지럽히던 모래알, 마음을 토닥이던 빗소리, 머리를 쓸어준 바람, 어깨 위로 내려앉던 햇볕. 덕분에 씩씩할 수 있었어. 혼자인 듯 서러워질 때 혼자가 아닐 수 있었어. 네가 보내준 온기로 또 한 계절, 한 계절 용기 내어 살아갈 수 있었어. 겨울의 추위 탓인지, 만만치 않은 세상 탓인지 잔뜩 움츠러들 때,

덕분에 씩씩할 수 있었어.
네가 보내준 온기로 또 한 계절, 한 계절
용기 내어 살아갈 수 있었어.
겨울의 추위 탓인지, 만만치 않은 세상 탓인지
잔뜩 움츠러들 때, 그래, 꼭 이맘때즘
선물처럼 다시 보내주라, 봄.

그래, 꼭 이맘때쯤 선물처럼 다시 보내주라, '봄'."

마음을 펼쳐 답장을 썼다.

아침
문자 미션

맛있는 것 먹으면 같이 먹고 싶고, 분위기 좋은 곳을 발견하면 데려가고 싶고, 기댈 수 있는 문장이 적힌 책은 꼭 선물하고 싶은 그런 마음, 아시지요. 오늘 처음 바라본 하늘이 너무 예뻐서 함께 보고 싶었어요.

○

하늘 사진을 찍어 이 글과 함께 소중한 이에게 보내보세요.
누군가의 하루에 기쁨을 선물하는 일은
1원도 1분도 채 필요하지 않답니다.

우리의 서로 다른 흥분을 접하는 건 함께하는 삶의 또 다른
선물이다.

– 메리 올리버 《완벽한 날들》중 ♦

♦ 메리 올리버 지음, 민승남 옮김, 《완벽한 날들》, 마음산책, 2013

4장

그럼에도
불구하고, _____

사랑

사랑받는
방법

'사랑'이란 감정을 MBTI로 분석한다면 결과는 분명 'E'로 시작하지 않을까. 감추려 해도 티가 난다. 어떤 틈새로든지 삐져나오고야 만다.

그날 나의 사랑도 그랬다. 의도치 않게 티가 났다. 존경하는 선생님과의 만남을 하루 앞둔 날, 그녀에게 보낸 메시지에서였다.

"선생님 안녕하세요! 내일은 제가 카페라테 샷 추가로 주문해두겠습니다. 산미 있는 원두, 따뜻한 것으로 드시지요?"

간단한 대화가 오고 간 잠시 후였다. SNS 알람이 울렸다. SNS 창을 여니 그녀의 피드에 나의 메시지가 기록되어 있었다. 쓰인 글 앞에 나는 또다시, 그녀에게 단단히 사로잡히고 말았다.

"커피 주문할 때 딱 한 번 옆에 계셨던 우리 작가님. 이렇게 내 커피 취향을 다 외우고 계시다 정확히 2주 후의 만남 앞에 보내주신 메시지. 사랑에는 집중과 관심이 필요하다. 대상을 시간 들여 꽤나 집중해서 바라보고 관찰하는 행위. 이렇게 스쳐 가는 일에도 집중과 관심이 자연스러운 작가님은 분명 사랑이 많은 사람."

먼저 헤프게 사랑을 표현하는 것. 자신에게 주어진 사랑을 '사랑'이라 알아보는 것. 사랑이 고픈 시대에서 사랑에 배부를 수 있는 가장 쉬운 방법이 아닐까. '사랑을 받는다', 라는 표현은 수동형이지만 역설적이게도 그 문장의 실현은 오롯이 주어의 몫인지도 모른다.

경이로운
마음

"당연히 해달라 하는 것 다 해주고 싶지, 우리 딸인데."

일요일 저녁 무렵의 카페. 옆 테이블에 앉아 있던 한 중년의 아주머니가 기어코 눈물을 터뜨렸다.

"마음만으로 되는 건 없더라."

해가 지는 시각이었다. 창가에 내려진 블라인드 사이로 스며든 노란 노을빛이 공간에 빗금 져 번졌다. 그녀의 목소리를 꼭 닮은 빛이었다. 다정한 온기를 품고 있지만 어딘가 쓸쓸한.

내가 하고 싶은 것이 아니라, 타인이 하고 싶은 것을 해줄 수 없어 어깨를 들썩이며 울게 되는 저 마음은 뭘까. 헤아려보려 장면을 더듬어보아도 원체 또렷이 만져지지 않았다. 분명한 것은 언젠가 더 많이 울게 되는 건 저 커다란 마음이 향했던 이들이겠구나, 하며 결국은 또 철없이 내 걱정.

다 알 것 같은 날이 올까. '경이'에 가까운 것 같다, '엄마의 마음'이란.

서로가
서로의 걱정인

퇴근길 지하철 안이었다. 옥신각신 다투는 듯하는 소리에 슬며시 바라본 곳. 다 큰 여자가 자신의 엄마에게 한참 잔소리를 늘어놓는 중이었다.

"엄마, 계약서 쓸 때 특약 봤어? 계약서는 꼼꼼하게 봐야 한다니까?"

"알았어, 알았어. 엄마가 다 알아서 했대도. 어머, 사당역 다 왔나 봐."

"아니야, 아직 멀었어. 엄마 내 말 하나도 안 들었지?"

"얘, 봐봐. 사당 맞아~"

"…어머, 진짜? 벌써 다 왔네?"

지하철은 달리는 속도를 줄이기 시작했다. 이때를 기다렸
단 듯 이번에는 엄마의 잔소리가 시작되었다.

"더워도 카디건 입어, 나가면 밖엔 쌀쌀해. 기다려 좀, 문 열
리면 가. 어휴 뭐가 그리 급해! 그러다 다쳐, 정말."

세월에 홀쭉 작아져 버린 것 같은 엄마 앞에 딸은 엄마가
기대어올 수 있는 다 큰 어른이고 싶다. 하지만 엄마의 눈
엔 말이 좀 심하게 늘었을 뿐 여전히 '어여쁜 내 아가'. 멀어
져 가는 그 둘의 뒷모습이 참 다정했다. 세상 무슨 일이 벌
어져도 둘에겐 문제없겠다. 서로가 서로의 걱정인 그리도
든든한 사랑이 있으니까.

편의
정석

엄마와 마주 앉은 저녁, 회사 모임을 마치고 돌아온 아빠의 기분이 좋지 않았다. 일로 엮인 이가 있는데, 말을 참 함부로 하는 스타일이랬다. 아빠는 힘든 얘기는 잘 하지 않는 성격이라, 더 이상 말을 잇지 않았다. 지친 기색으로 곧장 방에 들어가 잠을 청하는 아빠를 뒤로하고 엄마가 힘주어 말했다.

"사람이 아주 못됐어! 아니, 어떻게 말을 그렇게 할까?!"

엄마는 잔뜩 화가 난 듯 미간을 찌푸렸다. 아빠가 더 말해주지 않은 뭔가를 엄마는 알고 있는 걸까, 내심 걱정이 되어 물었다.

"아빠한테 그렇게 못되게 말했대? 뭐라고 했다는데?"

1초도 늦지 않은 엄마의 당당한 대답.

"모르지!"

풋, 웃음이 새어 나왔다. 이런 거구나, 무조건적인 편이 되어준다는 것은. 엄마에게는 그가 뭐라 했든 더 알 필요가 없는 것이었다. 엄마의 남자를 지치게 한 것, 그것만으로 그는 아주 못된 사람인 거니까.

나는 누군가에게 이렇게 무조건적인 편이 되어준 적이 있을까, 내 곁에는 있을까, 진정 내 편이 되어줄 이가. 아, 적어도 한 사람은 있겠다. 조건 없이 안으로 굽는 팔, 우리 엄마.

만약 내가
먼저 죽는다면

영화를 보던 중이었다. 등장인물 한 명이 죽었다. 그럴 줄 알았다, 너무 뻔한 결말이다, 여기던 끝에 든 생각이란, 우리 모두는 언젠가 같은 결말을 맞이하고 만다는 것, 참 뻔하게도.

그날 밤, 남편과 나란히 누워 죽음에 대해 이야기했다. 죽음이란 뭘까. 전깃불이 꺼지듯 그렇게 단순한 걸까, 우린 아무것도 남지 않고 사라지게 될까, 영혼이란 것이 존재할까. 대답해줄 이 없는 물음과 정답을 모를 이야기가 오갔다. 이야기 끝에 나는 그에게 한 가지 부탁을 했다.

"내가 만약 당신보다 먼저 죽으면 절대 땅에 묻지 말아줘. 그곳은 너무 쓸쓸하고 무서울 것 같아. 화장해서 곁에 두었다가 당신도 죽거든 같이 있게 해줘."

덧없는 어리광. 모든 것이 사라지는 죽음을 떠올렸을 때의 소망이 고작 혼자 두지 말아달란 것이라니. 조금 더 벌어보겠단 핑계로 스스로를 외롭게 두었던 모든 날이 아까워졌다. 죽음이 생의 가까이를 떠도는 건, 어쩌면 심술궂은 위협이 아니라 더 아낌없이 사랑을 나누라는 재촉인지도 모른다.

완벽하진 않아도
온전한, 우리

각자의 세상이 오늘은 서로에게 조금 더 너그럽기를,
서로의 손 꼭 잡아주고,
품에 한 번 더 안아주거든
그 힘으로 또 하루를 살아내는 매일.

해마저 떠난 시간에
곁을 지켜주는 이가 있다는 것.
불완전한 우리 둘, 서로에게 기대어
조금 고되었던 하루면서도
서로를 위해 웃는 밤이라니

완벽하진 않아도

이보다 더 온전할 수 있을까.

행복이라는 것 말이야.

겨울에는
사랑이 는다

겨울에는 사랑이 늡니다. 애틋한 것들이 많아져요. 쌀쌀맞은 온도에 코트를 여미다 보면 본의 아니게 스스로를 아껴 주는 느낌이 드는데, 어쩌면 이것이 겨울날 모든 사랑의 시발점인지도 모릅니다.

도톰한 양말, 기념품 가게처럼 자리하는 호떡 트럭과 붕어빵 가게, 낭만으로 잔뜩 치장한 거리, 계절이 놓인 시기를 핑계 삼아 오가는 안부, 다른 이의 생일을 빌려 주고받는 선물, 애정하는 이들과의 유희, 낱낱이 사랑의 증거.

이렇게 사랑이 범람하는 계절에는 모른 척, 맑은 마음이 녹아 흐르게 두세요.

고맙다던가,
보고 싶다던가,
네가 나의 사랑이라던가,
내가 너의 사랑이고 싶다던가.

이렇게 쉬운
행복이라니

크리스마스를 앞둔 주말이어서 그랬을까, 쉬이 잠들기 싫은 밤이었다. 남편과 나는 거실에 놓인 테이블 위로 빨간 실과 녹색 실이 엮인 체크무늬 식탁보를 덮었다. 거실 등을 끄고 스탠드 불빛 하나만 밝혀두니, 신경이 쓰일 법한 생활의 흔적들은 모른 척 어둠 속에 감춰졌다. 장식장에 올려두었던 스노볼을 꺼내왔다. 스노볼 아랫면에 건전지를 넣자 반짝이는 가루가 파르르 흩날렸고, 테이블 위로 꽃잎 같은 그림자가 아름답게 아른거렸다. 냉장고에서 막 꺼낸 차가운 캔맥주와 예쁜 그릇에 옮겨 담은 과자 한 봉지, 친구에게 선물 받아 아끼던 유리잔 한 쌍, 자기도 끼워달라는 듯 낑낑거리는 흰 털이 복슬복슬한 강아지까지. 고요하게 들떠 있는 테이블 위로 다정한 마음 두 개가 마주 앉았다.

우리는 오랜만에 만난 친구처럼 서로가 모를 이야기를 늘어놓았다. 어떤 오해를 이야기하고, 그 억울함을 풀고, 아직도 보여주지 못한 친구들을 소개하고, 서로가 알 수 없는 직장에서의 낯선 모습을 늘어놓다, 현재의 불안과 미래의 불확실성을 마음껏 토해내기도 했다. 모두 토해냈다 싶을 때쯤에는 한참을 심각한 얼굴로 고민한 것이 무색하리만큼 "흐르듯 두자"란 낙관으로 깨끗이 닦아냈다. 나는 그런 우리의 낙관이 썩 마음에 들었다.

한참을 떠들다 지친 우리는 스탠드 등을 꺼 어지럽혀진 테이블까지 어둠 속에 감춰버렸다. 모든 것은 내일로 미룬 채 강아지와 함께 도망치듯 침대로 가 누웠다. 기분 좋은 취기에 포근한 전기장판의 열기, 기쁘도록 아늑한 밤이었다. 머리맡을 성큼성큼 걸어 다니며 자신이 편하게 누울 곳을 찾는 강아지의 뻔뻔한 몸짓은 공간에 사랑스러운 분위기를 더했다.

"오른쪽에는 당신이, 왼쪽에는 우리 강아지가 있네. 좋다."

잠꼬대 같기도, 혼잣말 같기도 한 남편의 한마디, 이게 뭐라고 사랑한다는 말보다 달았다. 크리스마스를 앞둔 주말이어서 그랬을까, 행복이 이렇게 쉬웠다. 닮은 두 마음이면 충분했다, 행복은.

닮은 두 마음이면
충분했다,

　　　　　행복은.

어른의
연애

.

어린 시절에는 연인이 나를 데리러 와주거나, 데려다주는 일에 꽤나 감동을 받았던 것 같다. 지금은 연인이 나를 데리러 오거나 데려다주고 가는 길에 혹시나 무슨 일이라도 생길까, 걱정이 앞선다. 나를 위한 무엇인가를 그에게서 받는 것보다, 내가 사랑하는 존재, 그 안위가 더 중요해진 인연.

화려한 이벤트보다 편안한 일상 속 곁에 있음에 감사하고, 오늘도 함께 무사했던 사실에 충만함을 느끼는, 그런 사랑이 있다.

우리가
함께라면

우리 함께라면 지는 해를 바라보는 시절이 당도한대도 무섭지만은 않을 거야. 언젠가 붉은 하늘 앞에 서서 넋을 놓고 바라보았던 것처럼, 어쩌면 그 시절을 '아름답다' 말하고 있을지도 몰라. 어김없이 밤은 오고 약속처럼 헤어져야 한단 사실이, 참 많이도 아쉽고 말겠지만.

어쩌면 그 시절을
'아름답다'
말하고 있을지도 몰라.

아낌없이 사랑을
주기만 할 때

호밀풀.

공원을 두르는 붉은 벽돌담과 보도블록이 만나는 경계, 그 틈새로 경쟁하듯 고개를 밀어 올리는 식물들이 있다. 그중 이름을 알고 있는 단 하나의 식물이 '호밀풀'이다. 벼, 보리 와 비슷한 모습을 하고 있는데 그보다는 훨씬 작고 얄팍하 다. 사실 얼마 전까지는 이름도, 존재도 몰랐었다. 호밀풀 도, 세상의 틈새마다 피어오른 식물들이 이렇게 다채로운 지도.

반려하고 있는 강아지가 뒷발로 세차게 귀를 긁었다. 발톱에 긁힌 귀가 아파 낑낑 소리를 내면서도 멈출 줄을 몰랐다. 비릿한 피 냄새에 귀 안을 들여다보니 결국 상처가 난 모양이었다.

다음 날 일찍 강아지를 병원에 데려갔다. 의사 선생님은 알레르기로 인한 귀 염증 때문에 많이 가려웠을 거라고 했다. 알레르기의 원인이 무엇인지 감이 오지 않아 피검사를 진행했다. 일주일을 기다려 받은 결과지에는 낯선 이름이 적혀 있었다. '호밀풀.'

여느 때처럼 강아지와 산책을 나섰다. 세상에 호밀풀이 이렇게 많은지 왜 몰랐을까. 발을 딛는 길목 길목마다 호밀풀들이 보란 듯이 산들거렸다. 알기 전에는 보여도 보이지 않던 세상. 내 세상은 호밀풀의 서식지만큼, 그들의 강한 생명력 덕분에 꽤나 많이 넓어졌다. 얼마쯤 걸었을까, 더운 공기에 강아지가 더 걷지 않겠다며 주저앉았다. 잠시 쉬었다 가자며 강아지를 안고 앉은 벤치. 낯설게 둘러본 세상엔 여전히 이름을 알 수 없는 것투성이였다. 풀은 고사하고 나무 한 그루, 꽃 한 송이조차 제대로 아는 것이 없었다. 사랑

없이 살아간다면 세상엔 모를 것들이 참 많겠다. 사랑을 주는 만큼 나는 그 대상의 세상을 얻을 수 있는 것이었다.

사랑하는 이가 SNS에 적어둔 가사를 보고 몰랐던 노래를 알게 되고, 그의 마음을 헤아리던 노래가 언젠가부터는 나의 마음을 이야기하는 노래가 되었음을 깨닫는 것. 그가 좋아하는 계절이라기에 싫어했던 계절의 멋진 부분을 찾아내고, 그 계절마저 사랑하는 법을 알게 되는 것. 몰랐던 작가의 책을 접하고, 그와는 다른 곳에 그어진 밑줄에서 나를 위한 문장을 갖게 되는 것. 건네진 꽃의 꽃말을 찾게 되고, 마음을 답해줄 꽃의 이름을 알게 되는 것. 내가 알지 못했던 상대의 것들이 내 세상의 일부로 스며들다, 결국엔 내 것이 되는 것.

사랑에 져도, 공정히 주고받지 못했더라도 억울할 것이 없다. 사랑한 만큼, 딱 그만큼 넓어진 세상은 나의 것으로 넉넉히 남는 것이었으니.

아낌없이 아낌없이 사랑을 주기만 할 때

수백만 송이 백만 송이 백만 송이 꽃은 피고.

- 심수봉 〈백만 송이 장미〉

이별로부터
되돌아오는 길

선명한 꿈을 꾼 날이었어요. 유리로 된 커다란 건물이 와장창 깨져 내려앉는 꿈. '사랑도, 삶도 조금은 알 것 같은데, 이별은 사실 잘 모르겠어.' 이런 건방진 생각을 떠올린 날이었습니다. 그때의 제 연인은 제가 원하는 것을 모두 안겨주던 사람이었거든요. 사랑이라던가, 사랑이라던가, 사랑 같은 것. 그는 언제부터 준비해왔던 걸까요. 이별, 참 궁금했지? 그럴 줄 알고 준비했어, 라는 듯 그는 제게 이별을 말했어요. 너무나도 평범했던 한낮의 여름, 이제는 절 사랑하지 않는다고요. 무엇이라도 묻거든 꿈속의 유리 건물처럼 깨져버릴 것 같은 표정으로.

거짓말. 말도 안 돼.

영원이라 믿었던 그 한 사람을 빼고 모든 것들이 그대로 남았어요. 어제와 같지만 어제와는 다른 세상이 얼마나 낯설었는지, 겪어보지 않은 이들은 몰라요. 당연하게 식은 찻잔에도 서러워지고, 아름다운 하늘빛에도 마음이 베이는, 안전지대란 없는 세상. 어떤 날에는 이별, 그거 별거 아니네 싶다가도 추억이 읽히는 낙서, 낯익은 카디건, 그와 닮은 이름 앞에서는 어김없이 무력해졌어요. 나무 한 그루 없는 평야 위로 쏟아지는 소나기, 그 가운데 홀로 서는 기분. 무방비 상태로 맞이한 너무도 무자비한 시절이었어요.

〈헨젤과 그레텔〉이라는 이야기가 있어요. 이야기 속에는 나쁜 계모가 등장합니다. 계모는 헨젤과 그의 동생 그레텔을 데리고 깊은 숲속으로 가요. 그러곤 그들을 내버려 두고 돌아갑니다. 사실 헨젤은 버려질 것을 예감하고 있었어요. 그래서 숲으로 들어가는 중간중간 은빛 조약돌을 떨어뜨렸답니다. 어둠이 숲을 감싸 안는 밤, 어김없이 달빛은 세상을 비추고 조약돌은 달빛에 반짝였어요. 헨젤과 그레텔은 반짝이는 조약돌을 따라 집으로 돌아갈 수 있었답니다.

제게 있어서 이별 직후 써 내려갔던 '글'은 헨젤의 은빛 조약돌이었던 것 같아요.

  - 상대를 잃은 것이지, 사랑을 잃은 것이 아니야.
  - 누군가에 의해서가 아니라 오롯이 나로서 행복하기를 바라.
  - 그저 구경하듯 바라보기로, 견뎌내야 하는 시간에 지지 않기
    위하여.

지난한 시절, 스스로 적어둔 간절한 기록들을 되짚어 저는 한 걸음, 또 한 걸음 빠르진 않지만 꾸준히 되돌아왔어요. 결국엔 어두운 숲 밖까지요.

당신이 어두운 숲속으로 당신을 기어코 끌고 들어가야겠거든, 나는 그 앞을 막아서지 않을 거예요. 막아선들 막을 수 없다는 것도 알고 있어요. 다만 당신의 걸음 뒤로 은빛 조약돌을 잔뜩 떨어뜨려 둘게요. 허름한 희망, 한 뼘의 기록, 숨어 울 수 있는 여백, 언젠가 당신을 구원해줄 문장과 같은. 최초의 파장이 멎어 들거든 그 틈을 타 하나씩 더듬어 짚고, 돌아올 수 있도록.

완벽한 어둠 속에서 달은 가장 밝아요. 짙어져 가는 어둠에 불안해 말기를, 벗어나려 애쓰다 너무 지치지 않기를. 가끔은 보란 듯이 져요. 마땅한 시간이 마땅히 지나고 나면 은빛 조약돌들이 반짝 빛나며 돌아갈 길을 알려줄 테니까.

여기도 이렇게 하나 떨어뜨려 두었어요, 언젠가의 당신을 위해.

어떤 사람을 사랑해야
하느냐고 묻는다면

어떤 사람을 사랑해야 하느냐고 묻는다면

방금 지나간 지금을
벌써 그립게 하는 사람,
그런 사람을 사랑하세요.

당신의 소중한 지금을
고민과 걱정 속에 두는

'그 사람' 말고.

일부러
속아주지 마세요

상대는 사랑이 아니란 것을 알면서도
당신이 사랑이라는 이유로
일부러 속아주지 마요.

손을 잡고
싶어지거든

가을은 위험한 계절이야.

네 목소리가 유독 맑게 들리거든.
그건 마치 어떤 거짓도 꾸밈도 없다 믿게 하거든.
서늘해진 공기에 스치는 손을 잡고 싶어지거든.
텅 빈 밤엔 기다리는 전화가 생기거든.
헤프게도 쓸쓸해지거든.

갑자기 네가 보고 싶어지거든.

나도 내 마음을
모르겠어

"그래서 뭐래?"

"자기 마음을 자기도 모르겠대."

친구가 한 남자에게 사랑을 고백했다. '나도 내 마음을 모르겠어.' 그녀가 들은 답변이었다. 내색은 하지 않았지만 영 마음에 들지 않았다. 사실 비겁하게 느껴졌다. 여지를 남긴 문장에 맴도는 묘한 여유가.

사랑은 모를 수가 없다. 마른 종이에 엎질러진 물처럼 대책 없이 젖어 드는 감정, 물을 잔뜩 머금은 종이처럼 연약해지다 무심한 손길에 맥없이 찢기기도 하는 것, 언젠가는 마르지만 흠뻑 젖었던 흔적은 어쩔 도리 없이 남고 마는 것, 사랑은 그런 것이 아니던가.

'내 마음을 모르겠어'라는 말은 '너를 나의 사랑이라 부르기는 어딘가 부족하지만, 나에 대한 너의 사랑을 잃고 싶지는 않다'는 해석이 옳지 않을까. 간혹 한 번도 누군가를 사랑해본 적이 없어 '사랑이 뭔지 모르겠어'라는 경우를 제외한다면 말이다.

때로는 알면서도 모른 척하며 지키고 싶은 사랑도 있는 법이라, 나는 굳이 통역을 포기했다. 돌려받는 것 없이도 주고 싶은 사랑, 이미 기울어진 마음을 당장은 어쩔 수 없는 사랑도 있다는 것을 알아서.

언젠가의 나에게는 내게 쥐여주는 사랑이 그저 좋기만 하던 시절이 있었다. 그것에 대한 부채 의식은 전무했던 시절. 내 마음을 누군가의 손에 정성스레 쥐여주고 나서야, 그 마음이 꼬깃꼬깃하게 구겨져 나뒹구는 것을 목격하고 나서야 알았다. '아무것도 기대할 수 없음'이, '그럼에도 불구하고 사랑하겠다는 다짐'에는 상당한 질량의 용기가 필요하다는 것을.

마음이 이용당하지 않았으면 좋겠다. 모두가 너무 아프지 않기를 바란다. 누군가에게는 지금, 또 누군가에게는 언젠가 뒤돌아볼 날에, '인연'이 흉터로 남지 않도록.

살아가고 싶은
그리움

누군가에게 사랑은 여행이었고
또 어떤 누군가에게는 목적지였다.
나에게 머무는 당신의 사랑은 그중 어디쯤일까.

여행으로 시작된 여정이었다면 부디 돌아갈 길을 잃기를.
내 모든 빛과 바람을 다하여
당신이 머물고 싶은 세상을 그려낼 수 있다면 좋겠다.

당신에게 지금의 우리는 추억하고 싶은 풍경도
도달한 목적지도 아닌,

살아가고 있어도 살아가고 싶은
그리움이었음 좋겠다.

지금은
아프기로 해요

이별을 견뎌내는 우리, 참 기특해요. 자기가 상처받을까 봐 상대에 대한 배려 없이 도망갈 곳을 만들어놓는 이들도 있잖아요. 혹은 잘못된 집착으로 이별이 당도했음을 외면하는 이들도 있고요.

내가 괴롭더라도 상대에 대한 마지막 예의를 지키는 것, 사랑에 빠질 때처럼 이별에도 충실히 마음을 쓰는 것, 쓰라리고 아프더라도 당연한 내 몫이라 여기며 똑바로 직면하는 것.

겨울을 겪은 양파는 봄에 심은 양파보다 몇 배나 달고 단단

하대요.♦ 우리도 그럴 거예요. 더 단단하고 몇 배나 단 사랑을 할 거예요, 이 이별이 지나면.

♦ 영화 〈리틀 포레스트〉 중

사랑
구별법

태어난 모두는 언젠가 죽잖아.

자신이 죽는다는 두려움보다도
누군가 영영 떠난 후에 남겨지는 그리움이 두려워지거든

그게 바로 사랑이구나,
기쁘게 깨달으면 돼.

비가 오는 날에는

비 내리는 여름밤.
이런 날 무수한 시와 가사가 쓰인 까닭은,
빗줄기가 창문을 두드리는 소리가
얼핏 발걸음 소리와 닮아서일지도 모른다.

평소보다 더 자주
기대와 실망 사이를 오가다
가슴속 맺혀 있던 무언가

툭, 비처럼 내려앉고 말아서.

내가 기다리는 것은
당신이 아니라 그 계절

당신은 어떤 계절을 가장 좋아하나요? 누군가 제게 묻는다면, 저는 겨울과 봄 사이, 그즈음의 이름 모를 계절이라 말하겠어요. 뺨에 닿는 공기는 여전히 차갑지만 그 위로 따스한 햇볕이 아낌없이 쏟아지는 계절이요.

겨울의 안녕은 무심한 듯 다정해요. 불친절한 바람의 포옹. 그 뒤에 올 봄이 더 환영받았으면 한다며 있는 힘껏 추위를 부리는, 매너 있는 퇴장.

지금의 당신 같죠.

덕분에 더 돌아보게 된다는 것을 알까요. 꼭 오래 그리울 것 같아져요. 반짝이는 불빛으로 장식된 나무들, 거리 곳곳에 자리한 노점에서 피어오르는 달콤한 냄새들, 얼어붙은 분수대의 운치, 추위를 핑계로 슬쩍 가까워지던 당신의 곁까지도.

역시 좋아하는 계절은 하나쯤 두는 것이 좋겠습니다. 기대해도 좋을, 어긋나지 않을 기다림도 세상에 하나는 있어야지요. 어서 가세요. 난 돌아올 계절을 기다리며 좀 더 여기, 있겠습니다.

우리는
왜

사랑하는 것들은 왜 이렇게 쉽게 변할까요.
아니, 우리는 왜 이렇게 쉽게 변하는 것들을
사랑하게 되는 걸까요.

그녀의
초록

테이블 위
동그랗게 놓인 마음 두 잔.
이미 비워진 잔 앞의 그는
정적 사이를 기웃거리는데

가득 찬 잔을
쉬이 비우지 못하는 그녀,
알면서도 모른 척
초록빛 기억을 만지작.

오늘의 그는 말해요,
마치 날씨를 이야기하듯.

"우린 정말 손밖에 안 잡았잖아, 그치?
나한테는 네가 마냥 동생 같았나 봐."

그녀는 지나간 계절 속
그의 모습을 떠올려봐요.

모르면서도 아는 척
사랑을 고백하던 목소리,
콧등에 송골송골 맺혀 있던 땀방울
순수하게 헤매던 눈동자.

"오빠도 동생 같았어."
"뭐?"
"오빠 참 귀여웠다고."

그녀의 마음을 알아요.
유월의 밤바람을 닮았죠,

한낮의 열기에 미련을 품은.
조금은 쓸쓸하나
지나는 계절을 분명히 알고 있는.

"나 이제 가야 해."
"그럼 가자."

초연한 눈빛으로
그녀가 배웅했던 건
장난스러운 안녕 따위가 아니죠.

잠 못 이루던 더운 밤
거짓말일까 꼭 잡아본 손
설레던 기다림
눌러 적었던 편지
덕분에 웃고, 때문에 울었던
사랑을 믿었던 한 계절.

그녀의 초록.

5장

때론
아이처럼, ——————————

때론
어른처럼

나에게

알고 있어.
어른이려 애쓰며 걷는
여린 너의 걸음을.

안개에 갇힌 듯 불안한 내일과
하루에 하루만큼 주어지는 부담감.
지친 네 마음을 알아.

시간의 정거장이 있다면
잠시 내려설 텐데.

먼 어제에서 오고 있는 너를
지금의 내가 기다려

아무것도 설명하지 않아도 된다며
모든 것을 이미 알고 있다며
꼭 안아줄 텐데.

너는 결국 스스로 해내고 말았다고,
힘들었던 일들은 맥없이 과거로 밀려났다고
누군가 행복하냐고 묻는다면
이제는 그렇다, 대답할 수 있다고.

그러니 다가올 날들은
좀 더 기대해도 좋다고
마주 본 두 눈 앞에
흔들림 없이 말해줄 텐데.

어디에 닿든
어디에도 닿지 못하든

알다시피 당신, 좀 늦었어.
그만큼 과정은 가쁘고
기대만큼 결말은 성대하지 않을지 몰라.

괜찮아.
당신이 간절히 원했던,
용기 내어 선택한 길.
온 힘을 다해 나아가고 있잖아.

'후회'의 사전적 정의란

'잘못을 뉘우치는 일'.

'잘못'이라니.

당신이 가는 길 끝에 '후회'가 마중 나온다면
이 세상 모두를 죄인으로 만드는 일.

석양이 아름다웠던 하늘 끝에 어두운 밤이 내렸다고
그 아름다움까지 부인하는 이는 없어.

당신이 온 힘을 다해 그려낼 삶은
그 자체로 짙은 여운이 될 거야.

어디에 닿든,
혹은 어디에도 닿지 못하든.

회사
생활

회사 건물 입구에는 자동 회전문이 있다. 걸음 속도는 천천히, 유리문에 닿아서도 안 되며, 누군가와 함께 들어서는 것도 금지. 이 중 하나라도 어기면 회전문은 우뚝 멈춰 서고야 만다. 편리와 안전이란 이유를 건 불친절한 친절. 딱히 거부할 이유가 없는 완벽한 명분이다.

다른 건물에 있는 카페에 들렀을 때였다. 그 건물 입구에는 힘주어 밀어야 하는 수동식 회전문이 설치되어 있었다. 커피 한 잔을 사서 나오다가 회전문 유리에 이마를 콩 부딪쳤다. 자동 회전문에 길들여진, 본래 나의 것이 아니었던 느릿한 걸음은 보란 듯 배반당했다. 문득 목 뒤가 서늘했다. 스스로 세상을 밀어 나아가던 너의 힘은, 네 걸음걸이와 네 속도는 어디서 잃어버렸어, 꿀밤을 맞은 기분.

때로는 당연한 것의 당연하지 않음, 익숙해진 일들의 마땅함을 애써 의심해봐야 한다. 스스로의 의지와 생각을 잃어버리는 일은 결코 편리하거나 안전한 영역이 아니니까. 길들이고 길들여지는 모든 것에는 책임이 따르나 그 모두가 책임을 지지는 않는다.

시간을
낭비해보기를

자주 가는 동네 카페는 커피도 도넛도 참 맛있는데, 뷰가
아쉽다. 카페 창가를 묵직하게 가린 높은 건물, 전 층이 입
시 학원이다. 건물의 모든 창문은 시트지로 빈틈없이 덮여
굳게 닫혀 있다. 많은 것을 배우러 가는 곳에서 '너무 많은
것을 알려고 하지 마'라는 듯.

'있잖아, 진짜 중요한 건 그 안에는 없을지도 몰라. 때로는
그 시트지 가득한 창문을 밀어 열고 세상을 바라보기를 바
라. 마음이 동하는 무언가에 시간을 낭비해보기를, 그럴 용
기를 갖기를 바라. 남이 쥐여준 지도를 내 것인 양 여겼던

대가는 혹독하단다. 그 길을 다 지우고 다시 그려나가는 일에는 정말 많은 시간이 필요하거든.'

재채기처럼 써 내려간, 닿을 곳 없는 편지. 지금의 내가 오래전의 내게 전하고 싶은 말인지도 모르겠다고 생각했다가, 미래의 내가 지금의 나에게 보낸 메시지는 아닐까, 싶은 생각이 들었다.

내가 밀어 열지 못한 창문은 무엇일까. 내게는 마음 동하는 무언가가 있을까. 이를 위해 용기 있게 시간을 낭비하고 있을까. 미래의 내가 지금의 나에게 보여주려는 길은 무엇일까.

정답에
가장 가까운 오답

도망가는 일은 비겁하다고 세상은 가르쳤지만
때로는 '도망'이 정답에 가장 가까운 오답인지도 모른다.

실연에의 상실감이 그랬고,
성실히 노력했던 꿈 앞에서의 좌절이 그랬다.

문제를 마주한 당장은
이겨낼 수 없고 풀어낼 수 없는
그런 감정, 그런 기분도 있더라니까.

그러니 가끔은
지금의 나를 위해 도망가자.

다시 한번 용기를 갖기 위해.
다시 돌아오기 위해.

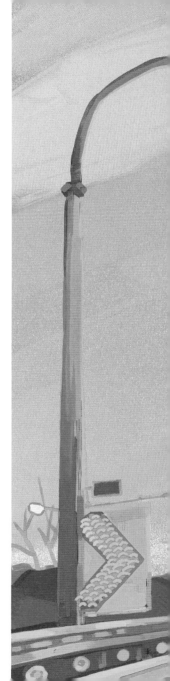

우리의 인생은
정해진 시간 안에 풀어내야 하는 시험과 같아서
모르는 문제 하나를 붙잡고 매달리며
스스로를 부정적인 감정에 묶어둘 필요가 없다.

시험이 끝나면 반장이 불러주는 정답처럼
시간이 지나면 알게 되는 답들도 있는 거니까.

그러니 가끔은
지금의 나를 위해 도망가자.

다시 한번 용기를 갖기 위해.
다시 돌아오기 위해.

늦어버린 봄,
늦었지만 봄

늦봄, 무심코 적은 단어가 여운이 길었다.
'한 생'이란 계절에서 '봄'이길 포기하기 싫은 마음이
변명할 단어를 찾은 것일지도 모르겠다.

무성한 초록
어딘가의 누군가에게는 파랗게 시리고,
또 누군가에게는 찬란하도록 푸르를 계절.

당신의 그 계절은
늦어버린 봄, 인가

늦었지만 봄, 일까.

떠밀어 보낸 미련 가득한 시간일까,
여전히 무언가를 피워 내려 애쓰는,
끝없이 생기로운 시절일까.

'영원히 오래오래'를
믿었던

자주 지나치던 꽃집, 데이지꽃이 예쁘게 피어난 작은 화분 앞에 발이 묶였다. 화분을 들었다, 놓았다 한참을 망설이다, 결국 빈손으로 꽃집을 나섰다. 최근 집에서 애지중지 가꿨던 나무가 꽃을 피웠었는데, 오래가지 않아 모두 지고 말았다. 당연한 일이라는 것을 알면서도 상실감이 꽤 묵직했다. 낯익은 기분, 반복하고 싶지 않았다.

산다는 것은 수없이 많은 실연의 연속이었다. 현실에서의 인연은 곧잘 맥없이 스러졌다. 꽃보다 아름다웠으며 꽃처럼 순간이었고 여운은 그 무엇보다도 짙었던 인연들. 잊히

고 잊고 마는 일을 이제는 익숙하다 못해 당연하게 여길 줄
도 알아야 하는데, 여전히 참 어렵고 어렵다. 이미 져버린
것을 그리워하는 것만큼 덧없는 일이 없음을 알면서도, 늘
힘 하나 없는 그리움은 대책 없이 흘러간 것에 머문다.

최근 누군가 내게 '넓고 얕게' 사람을 사귀는 타입인지, '좁
지만 깊게' 인연을 이어가는 스타일인지 물었다. 곰곰이 생
각해보았지만 끝내 대답하지 못했다.

어쩌면 요즘은 자주 빈손으로 살아가는지도 모르겠다는
생각이 들었다. 나를 가까이 두려는 이들을 마다하지 않고,
나를 찾지 않으면 또 그런 채로 기대하지 않는다. 새로운
인연에 애써 다가가지 않으며, 언젠가부터 다정한 듯 선이
분명한 것 같다는 이야기를 종종 듣는다. 원치 않게 상처를
주고받는 것을 경계하다 보니 두게 된 거리이기도 했고, 멀
어진 인연들을 그리워하는 밤들이 얼마나 괴로운지를 알
게 된 탓도 있겠다.

집에 돌아와 남아 있는 화분에 영양제를 꽂아주었다. 사람
의 마음에도 이렇게 쉽게 영양제를 꽂아줄 수 있다면 얼마

나 좋을까. 예쁘게 피어났던 마음을 지킬 수 있었다면 얼마나 좋았겠냐는 말이다. 누구와도 기쁘게 친구가 되었던, 겁없이 마음을 기댔던, '영원히 오래오래'의 맹세를 믿었던.

대견해

완벽하지 않은 모두
각자의 결핍을 보듬으며 살아가는 그 모습이란
안쓰럽다가도
대견하다 싶은 거지.

매서운 바람도 아랑곳하지 않고
원하는 모습으로 당당히 피어난 그대도
거기 어디쯤 주저앉아 울고 있는 당신도

오늘 우리 이렇게 마주했다면

비할 수 없이 수고했다고,
또 하루 잘 살아낸 거라고.

오늘 우리 이렇게 마주했다면
비할 수 없이 수고했다고,

또 하루 잘 살아낸 거라고.

최고의 선택

당신은 스스로를 책임져본 적이 있을까. 누군가에게 의지하지 않고 휘둘리지 않고 아양 떨지 않으며 내 걸음걸이대로 걷는 것. 그러다 넘어지거든 자신의 잘못이 아닐지라도, 끝까지 책임지는 것. 스스로를 자유롭게 만드는 일이며 자신에 대한 믿음과 용기가 필요한 일.

회사에서 있었던 일이다. 귀찮아질 것이 불 보듯 뻔하지만 팀과 회사를 위해 해야 할 일이 생겼다. 싫어도 마땅히 해야 할 일이었으므로 '하겠다', 보고했다. 유일하게 이를 탐탁지 않아 하는 이가 있었으니 안타깝게도 나의 상사였다.

나뿐만 아니라 그까지 귀찮아질지도 모른다 여긴 모양이었다. 나는 곧장 그에게 불려갔고 일과는 무관한 온갖 부당한 이야기까지 들어야 했다.

무거운 마음에 짓눌리던 밤, 처음에는 책임을 미뤘다. 상사의 강압적인 태도를 탓하고 그의 공격적인 문장들을 탓하고, 이를 막아주지 못하는 회사의 시스템을 탓하기도 했다. 그러다 문득 이런 생각들은 나를 구하지 못하겠다, 싶었다. 탓에 사로잡히면 내가 할 수 있는 일은 사라진다. 나의 마음은 보잘것없지 않음에도 보잘것없는 곳에 쓰인다. 자유를 빼앗긴다.

영화 〈인턴〉 속 한 장면을 떠올렸다. 주인공 줄스가 피하고 싶어 했던 업무 미팅에 참석하는 장면이다. 미팅이 약속된 건물은 그녀가 느끼는 중압감만큼이나 거대했다. 줄스는 건물 앞에 잠시 멈춰 서 아득히 높은 건물의 끝을 올려다본다. 그러고는 이내 결심했다는 듯 또각또각, 뒤도 한 번 돌아보지 않고 걸어 들어간다.

나는 그런 줄스를 흉내 내기로 했다. 두려워도 막상 들어가면 별것 없다고, 눈 한 번 딱 감고 들어갔다 나오면 된다고, 어떤 과제도 어떤 시련도 삶의 부연일 뿐 삶 자체가 아니라고, 스스로를 다독이며 나의 거대한 건물을 바라보는 것이다. 나쁜 의도의 문장들을 애써 곱씹어 상처를 덧내고 일어나지 않은 일들을 걱정하는 대신, 무슨 일이 일어나든 해결해버리면 되지, 스스로를 믿고 용기를 내는 것. 과거와 미래에 붙잡혔던 발목을 빼내어 현실로 디뎌내는 걸음 앞에 삶은 다시 내게 핸들을 맡긴다. 그제야 구체적인 선택지가 생겨난다. 그리고 곧 깨닫게 된다. 걱정은 언제나 상상 속에서 더 덩치가 컸다는 것을.

마음 무거운 밤을 지나고 있다면, 우리가 당장 어쩔 수 없는 것들, 이미 일어난 일들은 그 모습 그대로 놓아두기로 하자. 풀어보겠다며 헝클거나, 이어지는 생각들에 마음 앓지 말고. 어제를 떠나고, 미래에서 돌아와 현실에 놓일 당신을 믿자. 어떤 일이 펼쳐지더라도 당신은 그 어려움에서 당신을 구할 것이다. 그게 당신 삶의 주연을 맡은 당신의 역할이니까.

당신을 믿는 것, 오늘 당신이 할 수 있는 최고의 선택이다.

잊고 싶지 않은
꿈

밤새 꾼 꿈 같다, 아득히 멀어진 지난날들은.

언젠가 행복한 꿈을 꿨다. 꿈속에서도 꿈이라는 것을 알고 있던 나는, 깨어나면 모든 것을 잊고 말까 걱정이 되었다. 나는 나뭇가지를 구해 와 모래 위에 무언가를 힘주어 기록했다. 이쯤이면 정말 기억할 수 있으리라 싶을 만큼 여러 차례 반복해 읽기도 했다.

잠에서 깨어났고 꿈은 빠르게 멀어져 갔다. 꿈속의 내가 무엇 때문에 행복했는지, 어떤 문장을 그토록 기억하고 싶었는지 도무지 기억이 나지 않았다. 나뭇가지를 꼭 쥐고 애써 모래 위를 긋던 모습만 어렴풋이 떠오를 뿐이었다.

삶도 다르지 않았다. 슬프고 허무했던 감정들은 물론이고 그 너머의 잊고 싶지 않은 이야기, 찬란하게 아름다웠던 순간들도 흐릿해져 갔다. 기억하고 싶었으나 결국 잊혀간 꿈처럼.

꿈속의 모래 위에 기록을 남기던 간절함으로, 당도한 오늘에 주어진 것들을 진득하게 둘러봐야겠다. 기쁨, 인연, 사랑과 같이 유한한 그래서 슬프고 또 그렇기에 아름다운 것들을 정성스레 겪어내야겠다.

간직하고 싶어도 아득히 흘러갈 순간과 감정들,
영원하고 싶어도 사라질 우리.

잊고 싶지 않은 꿈
어쩌면 오늘.

함부로
불행해지지 않기

나이가 든다는 것은
삶의 짓궂음, 예측 불가함을
날씨를 바라보는 마음 정도로
받아들이게 되는 것인지도 모른다.

날이 흐리거나
비가 쏟아지거든
기분은 울적해지더라도
함부로 불행해지지는 않는 것처럼.

낮 12시의
하늘 아래

유월 오후 6시, 한강 근처의 공원이었다. 반짝이는 빛이 흩뿌려진 강물, 그 곁을 노란빛으로 물든 사람들이 여유롭게 거닐고 있었다. 기울어진 태양을 애지중지 품으며 흐르는 구름, 한낮의 열기를 고스란히 간직하고 있는 따뜻한 잔디 바닥, 부드럽게 살랑이는 바람과 대체로 조용한 가운데 드문드문 들리는 사람들의 밝은 목소리, 완벽했다.

세상이 어떻게 더 아름다울 수 있을까.

두 명의 남자가 내가 앉아 있는 곳을 지나쳐 강 쪽으로 달려갔다. 경찰이었다. 곧이어 그들이 향한 곳으로 구급차 한 대가 도착했다. 응급 상황이라기에는 이상할 정도로 조용했다. 오래되지 않아 구급차는 떠났고 무슨 일인가 싶어 모여들었던 사람들도 다시 흩어졌다. 강 쪽에서 걸어오는 사람들이 주고받는 이야기가 들렸다. 강 위로 시체가 떠올랐다고 했다. 누군가 투신한 것으로 추정된다며.

황홀하게 바라보던 삶의 한편이었다, 죽음이 자리 잡고 있었던 곳은.

연신 카메라 버튼을 눌러 흐르는 강과 하늘을 멈춰 세우던 나는, 더 이상 사진을 찍을 수 없었다. 아름답다 여기는 것마저 죄처럼 여겨져 무거운 마음으로 애도할 뿐이었다.

집으로 돌아온 그날 밤, 남편과 이야기를 나누었다.

그는 정말 투신한 걸까? 그가 마지막으로 바라본 세상은 어땠을까? 반짝이는 강물도 아름다운 하늘빛도 그의 마음을 붙잡기에는 역부족이었을까? 얼마나 외로웠던 걸까? 얼마나 아팠던 걸까? 누구나 완벽히 행복할 수는 없지. 행복은 연약하기까지 하잖아. 다들 그렇게 마음속 그림자 하나쯤은 품고 살아가는 것 아닐까. 그의 그림자는 어쩌다 그렇게 무겁고 길게 드리워졌을까? 그를 차디찬 강으로 이끌 만큼.

이어지는 이야기 끝에 불안한 마음이 밀려들었다.

"지금 내 안에도 그림자가 있겠지? 내 그림자는 어떤 모습일까?"

내가 물었고,

"당신은 낮 12시의 하늘 아래라 그림자가 지지 않아."

그는 당연하단 듯 내게 말해주었다. 현실감이라고는 전혀 없는 그 한마디에 왠지 모를 안도감이 밀려들었다. 때로는 어떤 현답보다 믿고 싶은 문장 하나가 마음을 지켜주기도 하는데, 이번이 그랬다. 나는 12시의 하늘 아래이리라. 태양이 머리 꼭대기에 뜬다는 낮 12시. 어두운 그림자들은 발과 발 사이에 맥없이 고여버리는 낮 12시.

막막히 우울한 밤, 주어진 행복조차 내 몫이 아닌 듯 불안이 밀려드는 날이 있다. 당신에게도 그런 시간이 오거든 이 문장을 나눠 덮자. 밝은 빛으로 만연한, 쓸쓸할 리 없이 따듯한 낮 12시로 가자. 그곳에서 개운하게 웃을 수 있을 만큼 충분히 쉬어 가자. 조금 괜찮아지는 날에는 당신 곁의 외로운 이에게도 이 문장을 덮어주자.

"걱정 말아요. 우리는 낮 12시의 하늘 아래예요."

나는 12시의 하늘 아래이리라.
태양이 머리 꼭대기에 뜬다는
낮 12시.

어두운 그림자들은
발과 발 사이에
맥없이 고여버리는
낮 12시.

모두의 것 말고
당신의 것

새해 소망을 적은 종이를
나무에 걸어두는 행사가 있었다.
주렁주렁 매달린 종이들을 들여다보니
부자가 되고 싶다는 바람이 눈에 띄게 많았다.
그다음은 건강과 행복이었던가.

또 그다음을 묻는다면 당신은 무엇이라고 적을까?
거기쯤 진짜가 있지 않을까?

무사無事

벌써 5년 차 엄마로 살고 있는 친구를 만났다. 아이와 모든 순간을 함께해줄 수 없는 그녀는 혹여나 낯선 사람이 따라오라 하거든 이 세 마디를 외쳐라, 아이에게 가르쳤다.

"안 돼요! 싫어요! 도와주세요!"

어른이 된 우리도 꼭 기억해야 할 문장 같았다. 누군가 당신에게 무례하게 군다면, 당신의 결핍을 이용한다면, 당신의 마음을 해친다면 분명히 표현해야 할 문장들.

"안 돼요! 싫어요! 도와주세요!"

잊지 않기를. 당신의 무사함이 기도의 전부인 이들이 있다.

레몬차

주문한 레몬차를 한 모금 마셨다. 그러곤 너무 시다며 멀찍이 내려놓았다. 레몬은 신 과실이라는 것을 알고 있었으면서 무엇을 기대했기에 마음까지 찌푸려진 것일까.

가끔 우리는 머리로는 잘 알고 있는 무언가에 내 멋대로의 기대를 걸고 버릇처럼 실망하고 만다. 어떤 실망 앞에서는 그 대상보다 내가 가졌던 기대를 다시 들여다봐야 하는 까닭이다.

Sunny

우리의 삶은 단조 음계로 쓰인 노래 같아요. 음울한 분위기의 코드로 이루어져 있죠. 못다 전한 말, 어떤 좌절, 피할 수 없는 이별, 이루지 못한 꿈, 거대한 힘 앞의 무력감. 날것의 이곳에는 우울과 슬픔이 넘실대요. 범람의 기회를 노리듯 코끝 시큰하게 다가오다 멀어지기를 반복하면서.

Sunny, thank you for the sunshine bouquet

써니, 햇살로 만든 부케 고마워요

Sunny, thank you for the love you brought my way

써니, 내게 준 당신의 사랑에 고마워요

〈Sunny〉라는 노래를 들어본 적 있나요? 독일의 아티스트 '보니 엠'의 디스코 버전으로 유명한 노래인데요, 우리에게는 영화 〈써니〉의 OST로 더 친숙할 거예요. 이 곡의 베이스가 되는 조성이 단조라고 하더라고요. 너무나도 신나고 희망찬 노래인데요.

저는 이 곡이 우리를 참 닮았다는 생각이 들었어요. 우리는 단조의 음계 위에서 노래하지만, 쉬이 지지 않아요. 곡의 템포를 명랑하게 바꾸고, 아름다운 가사를 얹어요. 한 번도 이별해본 적 없는 이처럼 사랑을, 엎드려 울어본 적 없는 이처럼 희망을, 뿌리쳐졌던 기억을 잊은 이처럼 믿음을, 있는 힘껏 노래해요. 우리의 목소리 아래서 단조의 음계는 어두운 감정을 몰고 오지 못해요, 노래에 얹은 명도 높은 감정들에 훌륭한 스포트라이트가 되어줄 뿐.

세상이 마냥 밝고 아름다운 곳이란 거짓말은 못 하겠어요. 다만 우리는 생각보다 강하죠, 현명하고요. 어려움 속에서도 힘껏 미소 짓는 강인한 자신을 발견하기를, 마음 다해 감탄하기를, 당신만의 목소리로 가장 신나는 삶을 노래하기를 바라요.

우리는 그곳에서 괴로울 거야.

하지만 그보다 많이 행복할 거야.

- 김초엽 <순례자들은 왜 돌아오지 않는가> 중 ◆

◆   김초엽 지음, 《우리가 빛의 속도로 갈 수 없다면》, 허블, 2019

당신, 사랑받으라

잘 쓰인 글이 있다. 당신은 이 글을 누군가에게 보낼 채비를 마쳤다. 누군가의 감동에 젖은 가슴과 활자로 물든 두 눈을 떠올리며 당신은 짜릿한 쾌감을 느낀다. 문득 펼친 적 없던 책 한 권에 눈길이 간다. 가뿐한 마음에 무심히 넘겨본 책장. 길을 잃고, 좌절하고, 초라해진다. 잘 쓰인 글은 더는 없다. 곱게 다듬은 새 문장들은 어느새 낡아져, 폐점된 식당의 간판처럼 뚝뚝 떨어져 나간다. 또다시 이어지는 고단한 밤과 소진되는 새벽. 날은 밝고 지체할 수 없는 시간이 온다. 당신은 처음 학교에 가는 아이를 바라보는 마음으로 세상의 문을 열고 맺어둔 글을 내어놓는다. 글은 닿았던 손길만큼의 온기를 품고 길을 나선다.

신이 있다면, 그도 그랬을까. 우리를 세상에 내어두기 전에 고민하고 고민했을까. 이 작품 저 작품을 뒤적였을까. 자신이 빚은 내가 문득 초라하게 느껴져 다듬고 매만졌을까. 그 온기로 얻게 된 삶일까.

나의 글이 길을 나설 때 품었던 마지막 마음을 떠올렸다. '사랑받으라'던 기원. 의도를 다하지 못해도 좋다, 그저 사랑받으라. 우리를 세상에 내려보낸 누군가도 같은 마음이지 않았을까. 부족해도 좋다. 무용해도 좋다. 당신이 품고 걷는 온기를, 당신에게 주어진 마땅한 사랑을 믿기를.

당신, 사랑받으라.

그러나 나는 내가 꽤 마음에 듭니다

초판 1쇄 인쇄 2022년 12월 12일
초판 1쇄 발행 2022년 12월 22일

글	이지은
그림	잡동사니
편집인	이기웅
책임편집	안희주
편집	주소림, 김혜영, 양수인, 한의진, 오윤나, 이현지
디자인	어나더페이퍼
책임마케팅	정재훈, 김서연, 김예진, 김지원, 박시온, 류지헌, 김소희, 김찬빈, 배성원
마케팅	유인철, 이주하
경영지원	김희애, 박혜정, 박하은, 최성민
제작	제이오
펴낸이	유귀선
펴낸곳	㈜바이포엠 스튜디오
출판등록	제2020-000145호(2020년 6월 10일)
주소	서울시 강남구 테헤란로 332, 에이치제이타워 20층
이메일	odr@studioodr.com

ⓒ 이지은

ISBN 979-11-92579-25-2 (03810)

스튜디오오드리는 ㈜바이포엠 스튜디오의 출판브랜드입니다.